Des guten Wolframs Reise

*Für Roland*

**Horst Michalzik**

# *Des guten Wolframs Reise*

© 2009 Horst Michalzik

Herstellung und Verlag:

Books on Demand GmbH Norderstedt
ISBN 978-3-8370-7051-4

Der Mann kniete neben einem kleinen, kaum glimmenden Feuer, hatte den Kopf schräg auf die linke Schulter gelegt, die Hände im Schoß gefaltet, die Augen halb geschlossen und die Lippen gespitzt. Vorsichtig blies er, leise und lang gezogen, bis sein Atem die Glut an einem Ende des verkohlten Astes weiß werden ließ, rot und gelb und dann zu einer kleinen, flackernden Flamme entfachte. Er legte eine Hand darüber, die gewölbte Handfläche ganz nah, als wollte er das zarte, schwach flammende Leben schützen vor den Unbilden einer rauen, stürmischen Welt. Sacht schnappte die Flamme nach dem dunklen Holz, wie eine Katze spielerisch nach ihrem Kleinen fasst, dann griff sie fester zu, schmiegte sich an und tastete sich fort, während Wolfram weiter blies und pustete, den Ast auf das Laub und das restliche Holz legte, die gespreizten Hände auf den Oberschenkeln ausbreitete, die Handflächen rieb und rubbelte, sich steil machte im Kreuz und über das ganze, runde Gesicht grinste und feixte. Er trug Kakishorts und Sandalen über grauen Nylonsocken, ein rot und blau kariertes, unter den Achseln durchschwitztes, Holzfällerhemd und ein Halstuch. Seine großen, hellen, wässrigen, grau-blauen Augen glitzerten hinter einer Messingbrille mit kreisrunden Gläsern. Sein kurzes Haar war honigfarben bis hellbraun mit gelben Strähnen. Er hatte es dicht an den Kopf gekämmt, und es glänzte fettig im heller werdenden Schein des kleinen Lagerfeuers. Behutsam setzte er sich auf seine Fersen und begann, den Kopf auf den Schultern rhythmisch zu bewegen, zur Seite, vor und zurück, nach einem unhörbaren Takt. Die kleinen Glaskreise seiner Brille spiegelten das flackernde Licht. Immer mehr versank er, als sänke er in ein watteweiches Tuch, in eine Krümmung der Zeit, als stiege er hinab in eine untere Welt, die alle Zeiten zugleich darstellte. An seinem Kopf vorbei hob sich die Gegenwart und begann, leicht zu schweben, ließ ihn zurück, und nur das Feuer hatte Bestand vor ihm, flackerte, leuchtete, wies ihm den Weg in einem ganz willkürlichen Zucken und Weben. Es war Nacht in ihm und zugleich eine zwielichtige, Flammen durchzuckte Dämmerung, gleißender Tag und Nebel vor der Sonne. Hundert Schritte den Abhang hinunter quirlte ein klarer Bach zwischen Gräsern und Felsen schwappend und sich windend hinunter in den Wald, der auf jener Seite der Lichtung mächtig anwuchs. Auf der anderen Seite, zu Wolframs linker Hand, streckte sich das blühende Sommergras über den ganzen, langen Hang, umschloss einen Birkenhain und wob dann um einzelne, knorrige Eichen.

Wolfram hörte das Trompeten des Mammuts weit draußen, unsichtbar auf der Savanne, das grollende Brüllen des Tigers im dichten Wald verursachte ihm eine Gänsehaut, und nicht allzu fern klang das bellende Schreien seiner Stammesbrüder durch den dichten, dunklen, fast undurchdringlichen Wald. Sie jagten wohl ein Wildpferd, trieben es in die Enge, um es mit den ungeschlachten Holzlanzen töten zu können. Neben dem Feuer, das jetzt groß und heiß war und von Steinen umrandet, lag ein kleiner, nackter Junge. Er hatte den schwarz gelockten Kopf in den Schoß einer jungen Frau gebettet, die einen Fell-umhang trug und immer wieder ihren Kopf mit dem langen, zottigen Haar schüttelte. Er nahm die Brille ab, und vor ihm glomm wieder das bekannte, alte, kleine Feuer der Gegenwart, aus dem eine schwache Flammenzunge dann und wann loderte. Die Frau war fort wie der Junge und die wilde Jagd war verstummt. Jenseits des Baches sah er jetzt den großen, grauen und fast leeren Parkplatz, die vierstöckigen Gebäude mit den Reihen von Balkonen, sah den schmalen, steilen, sandigen Steg, der an einer Stelle von einer rotweißen Schranke unterbrochen war. Die dunklen Dächer waren nur leicht geneigt mit sich kreuzenden Firsten, sahen aus wie die flachen Dächer auf römischen Gebäuden des Altertums. Vor den Fenstern waren hölzerne Läden im Stil des Hochschwarzwaldes angebracht. Aus dem riesigen Rechteck des Küchenschornsteins drang eine dunkle Wolke, duckte sich unter dem Frühlingswind, wand sich und zerstob in Schwüngen, die zum matt blauen Himmel strebten, zu den teils weißen teils dunklen Wolken an diesem frühen Morgen.

Hinter ihm knackte Holz, es raschelte, dann gellte eine Mädchenstimme zu ihm hinüber. Einige scharrend laute Schritte und drei junge Menschen standen neben ihm, lachten, schimpften, eine junge Frau drohte schelmisch mit dem Finger, ein Mann mit dünnem Bart forderte ihn auf, das kleine Feuer zu löschen, eine weitere Frau stand mit leicht gespreizten Beinen und hatte die Hände in die Hüften gestemmt. Wolfram setzte langsam die Brille auf, musterte den unerwünschten Besuch mit ernstem Gesicht und schüttelte nachdrücklich den Kopf. Er kannte die Schlampe mit den Händen in der Hüfte. Sie war es, die ständig die Stunden Maltherapie schwänzte aus völlig durchsichtigen Gründen, sie mäkelte stets am Essen. Erst gestern hatte sie die Bedienung mit ihren Sonderwünschen völlig durcheinandergebracht, hatte Wildschweinbraten mit der Begründung abgelehnt, dass hinter ihrem Haus in der Eiffel die Frischlinge tobten, hatte auch das gebratene Hausschwein zurückgehen lassen und schließlich die beiden prächtig zubereiteten Spiegeleier mit grünem Salat als ihrer nicht würdig erachtet und zurück gewiesen. In der Klinik ging das Gerücht, dass sie vor Gericht zitiert würde und, damit dies überhaupt möglich wäre, eine ambulante Behandlung vorgeschaltet worden wäre. Ihrem Kind sollte sie Böses angetan haben, munkelte man. Tatsache war, dass sie soff, ein dickes, rotes Gesicht hatte und an einem Abend in dem kleinen Raucherzimmer eine Flasche Ahrweiler Spätburgunder mit einem deftigen Schlag auf den Boden geöffnet hatte, als wieder einmal kein Öffner gefunden wurde, denn im Haus war Alkohol streng verboten. Höhepunkt ihres bisherigen Klinikaufenthaltes war das Fußballspiel der Nationalmannschaft gegen Holland. Im Fernsehraum hatte es eine starke Fraktion von Nichtsportlern gegeben, allen voran ein Mann in mittleren Jahren, dem durch einen von ihm verschuldeten Unfall Frau und dreijährige Tochter ums Leben gekommen waren. Dieser wollte unbedingt das spannende Millionenquiz sehen, das zeitgleich lief und zu Fußballbeginn einen ersten Höhepunkt erreicht hatte. Der eigentlich schüchterne Unfallfahrer hatte sich schützend mit dem Rücken vor das Fernsehgerät gestellt, die Hände an beiden Körperseiten gespreizt. Die Taktik der Frau mit dem roten Gesicht war einfach aber wirkungsvoll. Sie ging langsam auf ihn zu und begann, just als sie in Reichweite gekommen war, unglaublich laut zu zetern und zu schreien, schlug im selben Augenblick mit der geballten Faust zu, traf den Mann im Gesicht, auf die Nase, aus der Blut sprang wie aus einem Waldquell, seltsam hell und flüssig. Sie hatte gewonnen, allerdings um den Preis, dass sie fortan als unleidlich und gewalttätig galt, und das bis dato ständig sie ummutternde und umschwirrende fürsorgliche Zureden ihrer Leidensschwestern blieb von da an aus. Auch den armen Wolfram hatte sie vor einigen Wochen sehr in Verlegenheit gebracht an einem Abend, als der Winter ein kurzes Gastspiel gegeben hatte.

Zur Post wollte sie. Wolfram sollte sie begleiten, weil sie sich fürchtete, den Weg hinunter nach St. Blasien allein und ohne Schutz zurückzulegen. Er hatte in der Empfangshalle gewartet, während draußen die Dämmerung hereinbrach. Das Mädchen an der Rezeption - hübsch, dunkel, gelockt, leuchtende, braune Augen - hatte ununterbrochen telefoniert und gekichert, während die dicke Griechin mit dem ständigen Dröhnen im Ohr neben ihm Platz genommen hatte. Er war ein wenig abgerückt, hatte nach dem Schwarzwälder Boten gegriffen, der stets auf dem hässlichen Cocktailtischchen lag, hatte ohne Interesse darin geblättert, als die junge Italienerin eintraf, die ihre Eltern durch ein Schiffsunglück verloren hatte. Sie rutschte hin und her, nur mit einer knallengen Strumpfhose über dem weißen Schlüpfer und dem drallen Gesäß, beugte sich nach vorn, klopfte gegen die Glasscheibe des Aquariums, lehnte sich zurück, verschränkte die Hände hinter dem Nacken, sodass ihre großen Brüste fast aus dem Büstenhalter sprangen, von einer durchsichtigen Bluse keineswegs gebändigt. Wolfram stand auf, spürte, wie ihm das Wasser im Mund zusammengelaufen war, musste schlucken, blickte schuldbewusst an sich hinab und schlich davon, vorbei am Billardzimmer, hinüber zum Kaffeeautomaten. Der stand gegenüber einer schweren, grünen Eisentür, durch die Wolfram an jedem Morgen nach dem Frühstück in die Bäderabteilung ging. Langsam und bedächtig schwang sie auf, erst halb, dann weiter und hindurch schlängelte sich seine Verabredung, knallrote Wangen, das aschblonde Haar am Hinterkopf mittels eines grünen Gummibandes zu einer Diskopalme gebunden. Der Kopf war zu sehen, dann der Hals, kurz und dick, weiter die Schultern. Wolfram stand reglos, ließ sich beiseiteschieben, als ein ältlicher Studienrat mit wallendem, weißem Haar an den Automaten wollte. Die junge Frau trug einen grünen Minirock, Fellstiefel, eine Jacke mit Pelz an den Rändern, deren Reißverschluss vorn von ihren Brüsten offen gehalten wurde und sich darum krempelte und wand, den Blick auf die Bluse freigiebig gestattete. Klick machte es und wieder klick, die Kugeln auf dem grell beleuchteten Billardtisch im Raum hinter ihm rollten und touchierten, der schmalgesichtige Pole pfiff immer wieder dieselbe hastige Melodie, der Kaffeeautomat rumorte, rumpelte, klackte und spie braunen Espresso in einen weißen Plastikbecher. Die grüne Tür schlug hinter ihr zu, leise drang die eintönige Stimme vom Empfang zu ihm herüber, gleichmäßig, lang, wie ein Flüsschen, das nicht stockte oder staute, nicht schnell floss und nicht langsam, dafür stetig und unaufhörlich. Dazwischen dann und wann das grelle Lachen der Griechin. Vor ihm stand die berüchtigte Frau, dicklich zwar, aber nicht ohne Reize, fasste ihn munter am Arm, drehte ihn in Richtung Tür und schob ihn scherzhaft, bis er protestierte, nach ihr griff, bis sie beide lachten, sich kindisch drehten und anstießen, stolperten und untergehakt das Haus verließen, in den leise stiebenden Schnee traten, der die gelblichen Gläser der Laternen umschmeichelte, aber nicht liegen blieb auf dem grauen Beton des Innenhofes und auch nicht auf dem schmalen Weg, der steil hinunterführte in den Wald, zwischen Büschen und Bäumen hindurch und unter der Schranke entlang bis hin zu den ersten Häusern. Zwischen Klinik und Wald war zunächst nichts außer den mächtigen Schatten der Gebäude im Rücken, den Büschen und dem Gras links und rechts. Sie hatte sich bei ihm eingehakt und hing nun schwer an seinem Ellenbogen, drehte unaufhörlich Rumpf und Kopf, versuchte, seinen Schritt nachzuahmen, plapperte ohne Unterlass, berichtete von ihrem Liebhaber, der sie eines Tages so fest in die Brust gekniffen hätte, dass sie geschrien hatte. Dabei rieb sie sich ständig an Wolfram, presste sich, wie unabsichtlich an seinen Arm, schmiegte, wand sich, lachte, erzählte, drehte ihm das Gesicht zu und wieder weg, drückte sich an ihn, als wäre sie leicht aus dem Gleichgewicht gekommen, entfernte sich ein wenig, um unmittelbar wieder zurückzukehren in seine Nähe mit ihrem Geruch aus Parfum und etwas Anderem, was er in der Schneeluft wahrnahm, aber zunächst nicht deuten konnte, bis er sicher war, dass es eine weibliche Ausdünstung war, ein leichter Hauch wie von Moschus. Der Weg wurde steiler und rutschiger, weil der Schnee begann, liegen zu bleiben. Bäume griffen jetzt über den Weg mit fast noch kahlen Ästen. Sie blieb stehen, zog sein Gesicht mit beiden Händen zu sich heran, hatte sein rundes Gesicht umschlossen, küsste ihn mit spitzem Mund auf die Lippen, lachte dabei, bis er zufasste, die Arme um ihre Schultern legte und sie an sich riss, fest an seinen Körper, seinen Oberschenkel zwischen ihre Beine drückte, ihre Hinterbacken umfasste und sie drehte und zog. Da ließ sie plötzlich ab von ihm, drückte ihn von sich und begann zu weinen. Er löste den harten Griff um ihren Hintern, trat einen Schritt zurück und versuchte, ihr Gesicht zu erkennen, aber sie weinte schniefend in ein Taschentuch. Jede Erregung war von ihm abgefallen. Sie tat ihm leid, wie sie da stand, leicht gespreizte Beine, grüner Minirock, grau im dämmerigen Licht, die Hände mit dem Tuch vorm Gesicht. Also griff er hinüber und strich ihr über das Haar, ganz sanft, als liebkoste er ein Kind.

Schützend hob Wolfram beide Hände über die Flammen. Die drei Störenfriede traten näher. Der Bärtige zögerte ganz kurz, trat dann auf das Feuer, drehte den Fuß, Funken stoben, die Flamme erlosch. Völlig verstört schaute Wolfram mit großen, runden Augen zu ihm auf, verzog den Mund, als wollte er weinen. Augenblicke lang geschah nichts, dann hob sich Wolframs Brust zu einem tiefen Seufzer. Er wehrte mit den Händen einen unsichtbaren Gegner ab, seufzte erneut, spürte, wie sich ein Druck auf seiner Brust ausbreitete, während sein Rucken kalt wurde, als wäre das Rückgrat aus Eis. Schweiß troff von seiner Stirn, sein Herz schlug immer schneller, die Kehle war ihm zugeschnürt. Kinder sah er vor seinen geschlossenen Lidern, kleine, dunkle, kraushaarige, schmutzige, verwundete, schreiende, still weinende Kinder, kleine Mädchen im Hemdchen, nackte Jungen mit dicken Bäuchen und winzigen Hintern, sie liefen davon, Schüsse peitschten, ein Mädchen drehte sich den Verfolgern zu mit ausgebreiteten Armen, ihr aufgerissener Mund schrie schrill nach der Mutter, dem einzigen Menschen der immer half und tröstete, aber die Mutter war nicht da. Das Kind stolperte, ein Soldat beugte sich darüber. Er war kaum älter als sein Opfer. Die Schreie des Mädchens waren entsetzlich, aber der kleine Soldat kannte keine Gnade, hatte eine Machete in der Hand, schnitt durch die kleine Kehle, kein Ausdruck in seinem braunen Gesicht, tat es hastig, beiläufig, ohne Kraft aufzuwenden, ohne Anteilnahme, hetzte weiter, den anderen Kindern nach, die jetzt noch lebten. Wolfram schlug sich mit der flachen Hand gegen die kalte Wange, um den Albtraum loszuwerden, schlug wieder, bis der Bärtige nach seiner Hand griff, die steif und starr war wie sein ganzer Körper vor Angst und Schmerz und Wut. Ihm war, als löste sich der Unterarm von ihm, gefror zu Eis, dann begannen Wald und Bach und Wiese und Klinik um ihn zu kreisen, langsam, immer schneller, zeichneten Wirbel am Frühlingshimmel, schwarze Kreise aus zerfledderten Ringen vor dem Blau, an schwärmende Ameisen erinnernd, in seinen Ohren pochte das Blut, mächtig, schnell, drückte in seinen Kopf, unter seinen Schädel, und dann lag er lang ausgestreckt neben seinem kleinen Wachtfeuer im Gras, war ohnmächtig geworden, zum Gespött der Leute, hatte seine Seele entblößt und seine Angst gezeigt, seine Panik und Furcht, sein ganzes, schwieriges Leben. Das waren die ersten Gedanken, die zu ihm zurückkehrten, als er seinen Körper wieder zu fühlen begann, als er merkte, dass Hände ihn unter den Achseln hielten und zogen, dass seine Füße über den Boden schurrten und klopften. Die mit dem roten Gesicht ging voraus, hastig, hatte die Hände vor den Schmollmund geschlagen, weinte offenbar.

Sie gingen durch eine schmale Schlucht, dann über einen Lehmpfad, Wolfram war halb bei Bewusstsein, ließ den Kopf hängen, Speichel troff aus seinem Mundwinkel und er schämte sich. So näherte sich die Gruppe dem ersten Wohntrakt von der Rückseite, ging um einen hölzernen Vorbau herum auf einen schmalen Gang, der zwei Zimmer voneinander trennte, die beiden einzigen Privatzimmer im ganzen Haus. Obwohl es hell war, brannte gelb eine runde Leuchte, die aus Sicherheitsgründen nicht abgeschaltet wurde. Die Rotwangige stieß eine Tür auf, der Bärtige und das Mädchen schleppten ihn hinein, an der Dusche vorbei, an der Couch und dem Tisch, bis hin zu dem schmalen Einzelbett, das nach Waschpulver roch. Die Frau ließ los, der Mann zog am Arm, er fiel rücklings auf das Laken, dankte Gott dafür, dass ihm der Tod erspart worden war, faltete die Hände, atmete tief und blickte starr an die Decke. So leise wie möglich zogen sich die Drei zurück, tuschelnd, murmelnd, ängstlich und unruhig, sich der Schuld bewusst, im Zweifel, ob sie den diensthabenden Arzt rufen müssten, streckten sich und beugten sich vor, schwankten und gingen fest, wie eine Gruppe aus der Comedia dell Àrte. Wolfram spürte, dass er an der Grenze eines wohligen Traumes war und zugleich so wachsam bewusst wie nur wünschbar. Er dachte an den wunderbaren Sommer der Kronstädter Soldaten im Jahre 1917, so rein und unschuldig und voller Hoffen, bis sie hinabtauchen mussten in die abscheulichen Tiefen der Russischen Revolution und Gegenrevolution, um schließlich die Tschechen zu schlagen und den Bürgerkrieg zu entfachen und letztlich in den Bajonetten der Bolschewiken zu enden, nur vier Jahre später, weniger Zeit, als ein Mensch braucht, um halb erwachsen zu werden oder auch nur zu einem Viertel. Er dachte an den grauen Morgen des gestrigen Tages, als die Nachtschwester gekommen war, um ihn in eine feuchte Decke zu wickeln, was sie jeden Morgen tat. Gestern hatte er sich mit nacktem Unterleib einwickeln lassen, ohne zu wissen warum. Später waren zwei Lehrschwestern gekommen, weil die liebe, runde, alte Nachtschwester unpässlich war. Wolfram wusste nicht, was er tun sollte, als sie die Bettdecke zurückschlugen, nach der grauen Pferdedecke darunter griffen, und zu wickeln begannen, bis sein kleines Glied sichtbar wurde, fast bis auf ein Nichts geschrumpft in der Feuchte und Kühle. Er hatte verlegen gegrinst, als die Mädchen kicherten und ihn betrachteten, als täten sie es nicht, als wäre das beiläufig, nicht wichtig, und sie starrten doch, wenn auch aus den Augenwinkeln. Es hatte gekribbelt und gejuckt, nicht nur, weil die Decke ihm die Luft abgeschnürt hatte. Als die Beiden sich schwungvoll umdrehten und quer durch das Zimmer zur Tür gingen, blickte er hinterher, als wollte er sie mit seinem Blick lähmen, zum Bleiben bewegen, sie in sein Bett beschwören, die eine, schlank, hübsche Beine, brünetter Pferdeschwanz, die andere prall mit kräftigem Hintern im kurzen Röckchen und wippenden Haarspitzen.

Die Drei waren fort, er war allein. Reglos lag Wolfram auf dem Rücken, hielt sein Schweben zwischen Wachen und Schlaf aufrecht, solange es gehen mochte, ließ Bilder in seinem Kopf entstehen, wachsen, wirbeln, verschwinden, beschwor neue, dachte an Angela Merkel, die Bundeskanzlerin mit ihrem merkwürdigen Auftreten, halb Elefant, halb junges Mädchen, mit den seltsamen Zischlauten über ihren Vokalen, wie sie nur Ostdeutsche hervorbringen konnten, die ihre Kindheit vor dem Fernsehen der DDR verbracht hatten, vor sächselnden oder berlinernden Moderatoren. Sätze hoben sich in sein Bewusstsein, versanken, leeres und sinnloses Politikergewäsch, Absichtserklärungen ohne Inhalt, Hinweise auf Vorgehensweisen und deren Attribute wie sorgfältig prüfen, gründlich aufklären, nachhaltig sicherstellen, umfassend informieren und Phrasen gesellten sich hinzu, mit denen sich die austauschbaren Münder im Fernsehen schmückten wie zu kurz gegriffen, zu kurz gesprungen und ein Lachen brach aus Wolframs Brust, als er sich die Merkel vorstellte, wie sie anlief und sprang in ihrer linkischen Art mit den parallel krummen Beinen schlenkernd, die Hände künstlich nach vorn gestreckt, weil man das so machte beim Weitsprung, weil sie eben alles machte, was man so tat, weil es üblich war. Mozart fiel ihm ein, der Film, der verrückte Salieri und dessen Loblied der Mittelmäßigkeit, weil er nicht heran konnte an diesen verdammten Mozart, dem Alles zufiel, auf ein bloßes Fingerschnippsen hin. Er dachte an Napoleon, der nie jemanden gefragt hatte, ob das richtig oder falsch war was er tat, der nicht fragen musste, weil er einzig war, im Guten wie im Bösen, weil er Schneisen durch das Dickicht Europa schlug, Breschen, die von Dauer waren, wenn nicht gar für die Ewigkeit.

Am Nachmittag erwachte er, räusperte sich, richtete sich auf, hatte brennenden Durst und fühlte sich benommen. Auf dem schmalen Nachttisch lag Teilhard de Chardins Aufbruch zur Einheit. Die Sonne schien schräg durch das frische Grün der Birke vor dem Fenster. Er griff nach der Wasserflasche und schwang die Beine, setzte die Sandalen auf den Boden und richtete sich langsam auf. Unschlüssig, ob er aufstehen sollte, kratzte er sich langsam am Kopf, schob die Brille hoch und runter, als es an der Tür klopfte. Er fuhr zusammen, sprang auf und rief mit schriller Stimme, dass die Tür offen wäre. Bestimmt hatte man ihn beim Direktor verpfiffen, bei der Hausdame oder, schlimmer noch, beim Herrn Professor. Aber es war nur seine Nachbarin, die sich langsam und zögernd

durch die halb geöffnete Tür schob. Sie hatte dunkles, grau
gesträhntes Haar, ein ganz schmales, hübsches Gesichtchen,
wie eine verschreckte Maus, war spindeldürr und hatte dünne
Beine. Mit verlegenem Lächeln lehnte sie langsam die Tür an,
zog zu und huschte dann in den Raum, blieb in der Mitte
stehen, hatte die Hände hinter dem Rücken gefaltet und
schwieg, während Wolfram sie aufmerksam musterte. Er
wusste nicht, was der Auftritt sollte. Die Frau war hochgradig
nervös, ängstlich, unsicher. Sie war Lehrerin und mit einem
Lehrer verheiratet. Der ständige Stress in den Klassen hatte
mit der Zeit eine Angststörung in ihr aufgebaut, die sie völlig
aus dem Gleichgewicht geraten ließ. Ständig kreisten ihre Gedanken lediglich um ein Thema, das waren die Angst und die
Angst davor. Wenn sie sich abends im Aufenthaltsraum zu
den anderen Patienten setzte, dann blickte sie ständig zur Tür.
Der Gedanke an eine Flucht erst machte es ihr möglich, sich
an kurzen Phasen des Gesprächs zu beteiligen. Immer, wenn
das schreckliche Gefühl in ihr aufstieg, ihr die Kehle zu-
schnürte, sie Glauben machte, sie verließe sich selbst, fiele
jetzt ganz sicher in Ohnmacht, immer wenn sie kaum noch
atmen konnte, räusperte sie sich auf gleiche Weise. Nach
einigen Tagen wurde sie von den jungen Leuten in der Gruppe
mit diesem Räuspern empfangen, aber sie merkte es nicht oder
war so verstört, dass sie es lächelnd überhörte. Ein einziges
Mal war sie in den drei Wochen ihres Aufenthaltes spazieren
gegangen, allein, und da war sie von einem Hagelschauer überrascht worden, hatte in einer Telefonzelle Zuflucht gesucht
und eine derartige Panikattacke erlitten, dass sie sich fortan
nicht mehr vor die Haustür wagte. An jedem zweiten Tag
klopfte sie schüchtern an Wolframs Tür und bat ihn, ihren
Mann anzurufen, um dem zu sagen, dass sie heimkehren
wollte zu ihm, in ihr schönes Haus, zu Hund und Kamin, fort
von dem unsäglichen Schrecken der Therapie. Stets freundlich

16

telefonierte Wolfram von dem einzig zugänglichen Telefon in der Küche aus, denn Handys waren verpönt und mussten am Empfang hinterlegt werden. Zudem bot sich ihm die willkommene Möglichkeit, die Mädels der Kochschule anzuschäkern. Jedes Mal erhielt er die Antwort, sie müsste durchhalten, um ihrer selbst, um ihrer Ehe und ihres Berufes willen, bräche sie ab, würde sie ein Fall für Hartz IV, denn ihr Jahrgang erhielte keine Rente wegen Erwerbsunfähigkeit mehr. Das aber wären das Ende vom Eigenheim und vom Kamin und vermutlich zugleich das Ende ihrer Beziehung.

Jetzt drehte sie sich verlegen, lächelte Wolfram mit schrägem Gesichtchen an, griff sich in den Haarknoten, löste ihn, ließ ihre schulterlangen Locken kokett wippen. Wolfram stand auf, tat einen Schritt auf sie zu, war ungläubig, verwirrt und dann völlig erleichtert, als sie ihn schüchtern bat, ihr Haar unter der Dusche waschen zu dürfen, denn sie hätte in ihrem eigenen Raum nur ein Handwaschbecken. Er wusste nicht, was er tun sollte, gehen, bleiben, flirten, den Mund halten. Also setzte er sich auf sein Bett, griff sich Chardin vom Nachttisch, blätterte zerstreut und nervös, während sie auf dem niedrigen Rand der Dusche saß, ihr Haar wusch und wrang, milde lächelte und vor sich hin summte. Es duftete nach Shampoo, und tief in Wolframs Bauch begann ein Ziehen und Grollen, sodass er immer wieder aus den Augenwinkeln hinüber sah zu ihr, die er zuvor niemals auch nur annähernd für attraktiv gehalten hatte. Aber sie hatte einen lieben, kleinen, süßen Charme, trotz ihrer Magerkeit. Unvermittelt begann sie, mit ihrer schönen, klaren Stimme zu erzählen, von zu Hause, von der Zeit, in der sie einst gesund gewesen war, in der sie sich sogar einen Geliebten hätte halten können. Dann berichtete sie von dem Besuch ihres Mannes in der Klinik, dem Empfang beim Professor, der überschwänglich mehrfach betont hätte, seine

Eltern wären nur Lehrer gewesen, er selbst wäre Professor und sein Sohn sollte Professorenprofessor werden, dabei wäre ihr Mann doch auch nur Lehrer und sogar einigermaßen stolz darauf. Dann schlang sie ihr feuchtes Haar zu einem Knoten, während ihr Rock verrutschte und Wolfram mit großen Augen sah, dass sie keinen Slip trug. Sie stand auf, strich den Rock glatt, drehte sich noch einmal hin und her, bedankte sich mit einem leichten Knicks und war fort, ließ ihn zurück, mit Chardin auf den Knien und starrem Blick, mit einsetzender Reue, weil er plötzlich glaubte, da hätte mehr drin sein können, wenn er nicht wieder einmal so verdammt feige gewesen wäre. Stattdessen rauschte es in seinen Ohren, sauste und brauste, und er tastete nach seinem Puls, um abzufragen, ob er wieder einmal in eine Krise schliddern würde. Er spürte das Tuckern der Ader am Handgelenk, atmete tief ein, hielt die Luft an, blies die Wangen auf und spürte das Blut in seinem Kopf rauschen, sah helle Sternchen und begann, sich zu fürchten. Also sprang er übertrieben hastig auf, räusperte sich, zog seine Shorts aus, ging hinüber zum schmalen Kleiderschrank, nahm eine Jeanshose heraus und streifte sie über, blieb mit den Sandalen darin hängen, spürte Panik aufsteigen, zerrte die Sandalen aus der Hose, die ihm über die Knie hing, zog die Hose hoch, die Sandalen wieder an, fluchte laut und ging hinaus vor die Tür. Nebel war herabgestiegen und umflaumte die Büsche und mächtigen Nadelbäume am Hang. Das Flüsschen plätscherte viel zu munter und ohne Unterlass. Er ging am ersten Pavillon vorbei, dreistöckig, voll belegt bis auf die Doppelzimmer, kam an den ersten Weg zum Innenhof, schaute um die Ecke und sah sie da auf dem Randstein sitzen, drei von den jungen, männlichen Patienten, mitten dazwischen die dralle Italienerin. Sie ließen eine Flasche Rotwein kreisen und waren schon sichtlich und laut hörbar angetrunken. Der Junge, dem die Ärzte einen Tumor aus dem

Kopf operiert hatten und der in Wolframs Augen nicht nur melancholisch, sondern völlig bescheuert war, gerade der ließ ein Affengeheul hören, hatte einen Arm um die Schulter der Italienerin gelegt und griff ihr gerade mit der anderen Hand voll an die Brust. Sie machte ein Hohlkreuz und schnurrte, kicherte und lachte mit ihrer dunklen Stimme. Mit von der Partie, aber fast teilnahmslos, war der Maschinenbaustudent aus Köln, der recht männlich attraktiv war, aber von einer ständigen Todessehnsucht überlagert und beschattet, sodass er wohl recht witzig sein konnte, die Ernsthaftigkeit seiner eigenen Existenz aber stets infrage stelle, ablehnte, sich selbst als Nebenprodukt der Evolution sah, als unwert, am Leben teilzunehmen. Mit ihm war Wolfram eng befreundet. Sie saßen manchen Abend lang in dem schmalen Raum, in dem um die Mittagszeit alkoholfreie Getränke und Kuchen verkauft wurden. Carl, so hieß der Student, war an einer kurzen und heftigen Ehe zerbrochen. Er liebte seine Frau so sehr, dass er immer noch körperliche Schmerzen empfand, wenn er über sie sprach. Aber er hatte sie nie richtig befriedigen können. Andere Frauen schon, betonte er stets mit seinem lustigen, rheinischen Akzent und ausholenden Gesten, aber eben nicht seine Frau, die einzige, die es Wert war. Er hätte „gebummst, bis ihm die Ohren herunterfielen", aber sie hätte immer nach mehr geschrien. Wolfram pflegte zu entgegnen, dass das Heil eines Lebens nicht an einem einzigen Weibe hängen könnte. Er selbst, wobei er sich gegen die schmale Brust schlug, hätte es im Leben noch nie leicht gehabt, von Anfang an nicht, denn man hätte ihn schon bei seiner Geburt quasi im Sprung fallen gelassen.

## Abenteuer der Mutter im Krieg

Es war einen Monat und ein Jahr nach dem Krieg, im April, als seine damals junge Mutter hochschwanger mit ihm im Zug unterwegs war, aus einem Kaff in Sachsen in Richtung Minden in Westfalen. Sie hatte ein zweijähriges Abenteuer hinter sich, wie es nur der Krieg einem Menschen bescheren konnte, der sich gerade von einem Mädchen in eine Frau verwandeln wollte. Es begann damit, dass die Apotheke in der kleinen Stadt in Ostpreußen, in der sie arbeitete, zum kriegswichtigen Betrieb erklärt wurde. Wäre das nicht so gewesen, hätte der Apotheker, ein gewisser Dr. Strauß, den Betrieb auch von sich aus weiter geführt, denn er war dem Glauben an die Lehren des Nationalsozialismus verfallen. Ebenso seine erste Kraft, ein Fräulein Bohne. Mit der hübschen, rotblonden, zierlichen und vor allem jungen Grete unternahm er häufig in der Mittagszeit lange Spaziergänge rund um den See, den es in jener Kreisstadt ebenso gab wie in den meisten ostpreußischen Kleinstädten. Sein weißer Kittel mit dem hohen Kragen öffnete und schloss sich im leichten Wind, die Vögel sangen in den Bäumen, er rückte und putzte die Brille, schritt forsch und kerzengerade aus und trug wechselweise aus Hitlers Mein Kampf und Göbbels Wetterleuchten vor, wenn er sich nicht in griffigen Allgemeinplätzen erging, in Phrasen, die er für Lebensweisheiten hielt, mit denen er aber allenfalls das junge Mädchen beeindruckte, das ihm mit Trippelschritten an der Seite folgte. Irgendwie hatte er schon Lust auf die Kleine, die ihm als Mann ja zustand, andererseits fürchtete er den Zorn seiner Frau und den von Fräulein Bohne, die er ein um das andere Mal an das Regal im Arzneiraum zu lehnen pflegte, sachlich, fast leidenschaftslos, mit Pfeifen hinterher und Hosenträgerschnalzen. Aber Fräulein Bohne mit ihrem Raubvogelgesicht, dem ergrauenden Dutt und der dicken Brille war natürlich nichts im Vergleich zu der aufknospenden, natürlichen Schönheit, der Zierlichkeit und angeborenen Grazie von Grete, seiner stillen, lieben Schönheit vom Lande, die er einem halben Dutzend besser qualifizierten Mädchen in der Aufnahmeprüfung vorgezogen hatte, denn man konnte ja nicht wissen, ob man da nicht doch eines Tages landen konnte, vielleicht sogar als erster Mann überhaupt, und letztlich war völlig ungeschminkte Schönheit selten. Der Herr Dr. erklärte der atemlos lauschenden Grete, dass 4711 ein Dienstmädchenparfüm wäre, das die schlimmste aller vorstellbaren Krankheiten von einer völligen Vergiftung des gesamten Körpers herrührte, dass slawische Rassen häufig kollektiv an angeborener Lebensschwäche litten, dass der Japaner klug und edel, der Chinese indes kriecherisch, grausam und gemein wäre, dass er sich zum Japaner verhielte wie der feige Italiener zum stolzen Spanier, dass der Engländer an sich kein unrechter Mensch wäre, dass Verbrecher an den Abmessungen ihrer Gesichter zu erkennen wären, dass die kriminellen Gewalttäter häufig buschige Augenbrauen hätten und Schnurrbärte, die an den Seiten herabhingen, dass es einem deutschen Soldaten zur Ehre gereichte, Juden am Sabbat dazu zu zwingen, in der Gasse Pferdemist zu sammeln, wie kürzlich direkt vor der Apotheke geschehen, denn der Jude wäre gottlos, hätte Gottes Sohn ans Kreuz genagelt, der Sabbat wäre gar kein Feiertag und der Jude wickele sich lächerliche Riemen um den Arm und hefte sich Klötze an den Kopf, wenn er zu seinem so genannten Gott beten wollte, und Grete sog diese Weisheit in sich auf, atmete geradezu den eleganten Redefluss, der sie prägen sollte, ein kleines, armes, verlorenes Leben lang. In der Apotheke wies er sie in die Kunst des Wiegens und Mischens der vielen Stoffe, Substrate und Essenzen ein und hielt sie an, sich die lateinischen Ausdrücke für all das einzuprägen. Sie lernte alsbald, Gift von Vitamin zu unterscheiden, Mineral von Metall und Salz von Lauge, die Grundbegriffe eben. Schlau war sie, auf schelmische Art liebenswert, munter, fröhlich, verträumt und beflissen und zum Leidwesen des geilen Apothekers gänzlich unbeeindruckt, wenn er den glitschigen Stab rieb, an dem sich die Bakterien zu versammeln pflegten, wenn Wasser destilliert wurde, denn sie war unschuldig, unbedarft und wusste dem Reiben des Metallstabes kein Gleichnis abzugewinnen.

An jedem Sonnabend, wenn der Laden schloss und ein Notdienst nicht angeordnet worden war, schwang sie sich auf ihr Mädchenrad mit dem Kettenschutz und machte sich auf den Weg nach Krumbein, einem 200-Seelen-Dorf gut zehn Kilometer entfernt auf dem flachen Land. Dort war sie geboren worden, dort hatte sie ihre Kindheit verbracht und die acht Klassen der Volksschule bestens überstanden. Der Herr Lehrer gehörte zu den Menschen, die sie als Kind am meisten bewundert hatte, denn er war streng und scheute sich nicht, auch den kräftigsten Knaben mal eine zu scheuern, während sie ihnen auf dem Schulweg stets ausgeliefert war, ihre plumpen Liebkosungen in Kauf nehmen musste, waren es nun Tritte in ihren kleinen Hintern, unpassende Griffe unter den Rock oder hilflos stürmische Umarmungen mit nassen Lippen auf der Wange, die sie am meisten hasste. Sie wohnte in einem schönen, massiven Bauernhaus aus Stein mit kurzen Säulen vor der Haupteingangstür, und auf den Säulen befand sich ein Erker mit sechs Ecken. Zur bunt verglasten Haustür führten vier steinerne Stufen, links und rechts eine steinerne Reling. Das war ein Anblick, der ihr seit frühester Kindheit vertraut und lieb war. Hinter der hohen, schweren Tür war eine große, Ehrfurcht einflößende Halle, in der immer ein riesiger Erntekranz von der Decke hing, von Jahr zu Jahr, am Erntedankfest immer neu, aber unabänderlich, unwechselbar, stets duftend nach trockenem Getreide und reifer Frucht. Rechter Hand führten zwei weitere Stufen in die Küche. Dort waltete die dicke, rotwangige, lustige Köchin mit der alten, mageren, dummen, verhärmten Frau, die alle Mädchen nannten. Jenseits der Küche, hinter einer dicken, dunkel glänzenden, mahagonifarbenen Tür befand sich das Esszimmer. Dort war es stets halb dunkel. Weihnachten und Ostern aßen sie alle dort, saßen auf den rosa Kissen, mit denen die hohen, dunklen Stühle gepolstert waren, mussten sich aufrecht halten und still, lauschten der brüchigen Stimme des Großvaters, der am ersten Weihnachtstag leise und viel erzählte, wenn der Schnee draußen lag und die Kälte nicht herein konnte in die vertraute wohlig warme Gemeinschaft. Von den Tieren im Stall, sprach der Opa, den nur Grete so nennen durfte, von den Kreaturen, die Gott in die Welt gesetzt hatte wie seinen eigenen Sohn, die liebten und litten und Freude empfanden, wie der kleine schwarz-weiße Kater vor der Hintertür, der schnurrte und sich wand unter der Hand des Großvaters, der aber nicht herein wollte in die Diele, weil er zu scheu war, und bestimmt auch zu stolz, weil er wusste, was er hatte, aber nicht, was ihm zustoßen konnte, der also lieber allein blieb in dieser Weihnachtsnacht, obwohl er es so viel besser hätte haben können, und Opa lehnte sich zurück, schniefte, wischte sich eine Träne aus dem Augenwinkel, räusperte sich und trank seinen Wein in einem Zug, worauf die Großmutter entrüstet schnob, sich steif machte im Kreuz und bellte, dass er nur aufpassen sollte, dass ihm das ganz bestimmt nicht bekäme, das wüsste er doch. Und der Großvater schlich sich hinaus, hatte Gebäck in seinen Taschen, das er selbst angefertigt hatte in der Nacht vor dem Heiligen Abend, Gebäck, das Tiere darstellte, Ochsen und Pferde, Schafe und Schweine, denn so hatte er es von seinem Großvater gelernt, und das Gebäck mischte er unter das Futter, den Tieren in die Krippen und Tröge, wobei er ganz leise, aber nicht lautlos, Sprüche murmelte, alte, slawische Zaubersprüche, denn er liebte sein Vieh und wollte ihm wohl, wollte es gesund sehen, auch im neuen Jahr, das auf der Schwelle des alten Jahres stand. Dann verließ der alte Mann den Stall, ging hinaus in den knirschenden Schnee, unter dem Licht der Hoflampe hindurch bis hin zu den Schatten, blieb eine ganze Weile reglos stehen, faltete dann die Hände, senkte den Blick und betete um Gesundheit für sich, die Frau, die Kinder und die Tiere und vor allem für Emilie und Grete, für seine Tochter und sein Enkelkind, denn die hatten keinen Vater, nicht in dieser Nacht und nicht im nächsten Jahr und überhaupt niemals, denn der Vater, der Fritz, hatte sich erschossen, weil er schwermütig gewesen war und nicht hatte weiterleben wollen, nicht in einer Welt voller Gewalt und Waffen, voller Arbeitslosigkeit und Inflation, voller Hass und Willkür und auch nicht, obwohl er doch Vater war und ein reizendes kleines Mädchen auf den Armen gehalten hatte, das von seinem Blut war und ihm wie aus dem Gesicht geschnitten. In seiner Abwesenheit murrte und grummelte die Großmutter, stieß Emilie an, tippte sich an die Stirn, denn sie war ganz sicher, dass ihr Mann verrückt geworden war und zwar just an dem Tag, an dem er den Großteil seiner Wälder an den Juden des Dorfes verkauft hatte, für einen Pappkarton voll Geld, das am nächsten Tag nicht mehr wert war als der Behälter. Es war der einzige Tag im Leben dieses Bauern, an dem er sich sinnlos betrunken hatte. Das Mädchen und die Großmutter hatten ihn vom Balken in der Scheune im letzten Moment abgeschnitten, wo er schon baumelte an dem alten Strick. Eine ganze Woche danach hatte der alte Mann nicht sprechen und nicht schlucken können, so sehr hatte ihn das Seil aus Hanf in den Hals geschnitten, aber er hatte bitter bereut, nicht das Geschäft, das er für Gottes Fügung hielt, wohl aber, dass er jedes Maß beim Trinken verloren hatte. Die zweite Tür aus der Halle war die Eingangstür zum Teezimmer, wie alle es nannten. Dort empfing die Großmutter an besonderen Tagen Gäste.

## Rumba kommt nach Ostpreußen

In dieses Zimmer war auch Heinrich gestolpert, der aus Gelsenkirchen Zugereiste, den alle Rumba nannten, weil er als Erster im Ort die neuesten Tänze aus Übersee beherrschte. Emilie hatte nicht getrauert, als der Vater ihres Kindes sie verlassen hatte, das war nicht ihre Art. Sie hatte ein wenig geschluchzt und geflucht und gelacht, als sie an dessen Unbeholfenheit dachte, als es zum ersten Mal geschah. Dann war sie ihrer Tagesarbeit nachgegangen, hatte den Garten gejätet, das Korn gebunden, die Gans gerupft, wie es der Jahresablauf erforderte. In ihrer Kammer hatte sie jeden Abend gebetet, die kleine Grete liebkost, gewindelt und gefüttert, und wenn diese schlief, hatte sie schon mal Hand an sich gelegt, in Gedanken bei Fritz oder einem fremden Mann, ganz exotisch, mit schwarzem Schnurrbart und glühenden Augen. Aber wenn es vorbei war, hatte sie verlegen gekichert und sich ein bisschen geschämt, um kurz darauf frei von jeder Schuld zu schlafen.

Rumba war in der Stadt der Zechen geboren worden als sechster Sohn einer ledigen Mutter. Bereits als Baby war er in den zweifelhaften Genuss von Drogen gekommen, denn wenn seine Mutter abends ausgehen wollte, mischte sie ihm Mohnsaft in die Milch, und er schlummerte prompt bis zum Morgengrauen, bis die Mutter heimkehrte, mit schwerem Kopf und wunden Schenkeln. Als er sechs Jahre alt war oder sieben oder acht, da ging er eines klaren, schönen Morgens vorbei an der Zeche Victoria, entlang der hohen, grauen Mauer, denn er wollte zur Volksschule in Altenessen. Als er so frohgemut dahin schritt, den Kopf in der blauen Luft, voll freier und schöner Gedanken, ein Lied von Marika Röck auf den gespitzten Kinderlippen, da brach von einem Moment auf den anderen der Himmel über ihm zusammen, zerstürzte in glühenden Schwaden und Fäden und düsterem Schlund, zerbarst, zerbrach und knallte neben den kleinen Heinrich, der auf dem grauen Schotter des Fußweges lag, hoch und weit über ihm die Kante der riesigen Zechenmauer, neben ihm sein Ranzen und sein Butterbrot, Blut strömte aus einem Kopf und sickerte in seine Gedanken, denn ein grauer Feldstein hatte ihn getroffen, von jenseits der Mauer geworfen von einem Unbekannten, Fremden, den er nie kennen lernen sollte. Tief hatte ihn das üble Geschoss verwundet und verletzt, denn als sie ihn fanden, da blutete er nicht nur heftig aus dem klaffenden Riss in seinem Schädel, sondern er redete auch wirres Zeug von Schuld und Sühne und Jenseits der Strafe und Milde, Gerechtigkeit und Gottes Segen, sodass sie ihn nicht mehr in die Schule ließen. Selbst als seine Mutter ihm den gewohnten Mohntrank reichte, hörte er nicht auf von Jesu Güte und allumfassender Liebe zu faseln, von Vergebung und Demut und Gerechtigkeit in der Welt, bis seine Mutter, die rothaarige Waltraut mit den dicken Titten, ihn in seinen besten Anzug kleidete, das Haar über der vernarbten Wunde wusch und kämmte, ihn zum Gelsenkirchener Hauptbahnhof brachte, ihm eine Pappscheibe um den Hals hängte mit den krakeligen Namen Ortelsburg darauf und einem merkwürdigen Familiennamen, ihm einen verschnürten Karton in die Hand drückte, ihn in den kurz stoppenden D-Zug nach Berlin hob und sich seiner auf diese Art entledigte, fast für immer, aber nur fast, denn in den 50er Jahren sollte er wie ein Gespenst in ihrem Altweiberleben auftauchen, in der Stadt der Zechen, nur um ihr ein paar schlaflose Nächte und ein schlechtes Gewissen zu bescheren, denn Ostpreußen gab es damals von einem Tag auf den anderen nicht mehr, oder nur noch in den Köpfen einiger, die die Zeit verschlafen hatten. Aber zunächst musste aus dem kleinen Heinrich der große Rumba werden, der Hans Albers Ostpreußens, mit seinen blonden Haaren und seinen wasserblauen Augen, mit seiner Treue, Aufrichtigkeit und seinem an Wahnsinn grenzenden Sinn für Gerechtigkeit, Schwachsinn für die Mächtigen in einer Zeit, in der Wahrheit und Treue und Moral zentral gesteuerte Modesachen waren und von Schlagwörtern belegt, in der ein Mord höchst anständig und gerecht sein konnte, eine gute Gabe, eine mitleidige Geste aber als Volks verhetzend und erbärmlich eingestuft werden konnte, in der unter dem braunen Banner des schnurrbärtigen Führers Kinder erschlagen wurden und Mütter belohnt, die möglichst viele Kinder gebaren. So dachte und sprach Rumba, sehr zu Emilies Leidwesen, auch noch, als er bereits Soldat war. Das brachte dem inzwischen fünffachen Vater schließlich eine KZ-Strafe ein, das Strafbataillon und knapp zehn Jahre Sibirien.

Aber all das ahnte der blondschöpfige, kräftige, ungewöhnlich große Knabe nicht, als sein Zug aus Berlin kommend über Königsberg fuhr und weiter durch endlose Wälder, an scheinbar uferlosen Seen vorbei bis nach Ortelsburg, wo an dem Bahnsteig ein altes, wundersames Männlein wartete, das ihm den Karton abnahm, den Kopf tätschelte, das ihm ein dick belegtes Butterbrot in die Hand drückte und ihn hinter eine Plakatwand führte, weil er dringend mal pinkeln musste. Dann gingen sie am Gleis entlang und über einen sandigen Weg, an dem Birken standen und ein kleines Pferdegespann, von einem lustigen, braunen Pony gezogen. Das Männlein sprang hinauf und saß mit einem Schwung auf dem Bock, der aus einem rohen Balken bestand. Heinrich zog sich auf die Ladefläche und hockte sich neben seinen Karton. Das Pferdchen warf den Kopf und trappelte den Sandweg entlang, die Vögel sangen, als gäbe es einen Wettstreit, denn das Frühjahr hatte begonnen, und die kleinen Hähne hatten nichts als Hennen im Sinn. Als die erste Stunde vergangen war, wurde Heinrich unruhig. Wilde Gedanken schossen durch seinen Kopf. Möglich, dachte er, dass er bestraft werden sollte, weil er den kleinen Nachbarsjungen halb tot geprügelt hatte. Aber der hatte Sonja an den Haaren gezogen, bis sie vor Schmerzen schrie. Und Sonja war seine Freundin, hatte ihm immer ihrs gezeigt, wenn sie seinen sehen durfte. Seine Sorgen wuchsen, als der Weg sie um einen Eichenhain führte und hin zu einer Koppel, auf der ein paar braune Pferde weideten. Denn am Ende der Koppel stand ein dunkles, riesiges Haus. An den Pferden ging es vorbei über den kopfsteingepflasterten Innenhof, an einer langen Scheune vorbei, vor der Hühner im Sand herumpickten. Ein riesiger, wolfsgrauer Hund döste hechelnd im Schatten des Brunnens, dahinter stand eine Miete und hinter der Miete eine kleine, schräge Kate. Dort stoppte das Männlein das Pferd, sprang behände zur Erde und half Heinrich herab, der sich schüttelte wie ein Hund nach dem Bad. Hinter dem Fremden her tippelte der Junge über Steine und Gras und Kot hin zu der niedrigen Tür. Von der Eingangspforte hinüber zu einer Ecke führte der Pfad vorbei an zwei kleinen, schiefen Fenstern mit grünen Läden, bunten Gardinen und Geranien auf den Fensterbänken. Er blieb einen Augenblick stehen, um die prächtigen Blumen zu bewundern, während das Männlein gegen die feste, grüne Tür trat, wartete, Heinrich winkte, erneut trat, bis sich die Pforte quietschend öffnete und ein Mädchen heraustrat, das drei oder vier Jahre älter sein mochte als der Junge aus Gelsenkirchen, denn sie hatte bereits einen Busen unter der dünnen Bluse, einen koketten Blick und einen frechen Hüftschwung. Sie gurrte wie eine Taube, als der Alte ihr auf den Hintern klopfte. Heinrich erstarrte. Es gelang ihm nicht, seinen Blick loszureißen, denn von einem solchen

28

Mädchen hatte er im Zug geträumt. Sie hatte rotblondes Haar, schöne, blaue Augen, einen festen, halb geöffneten Mund über etwas vorstehenden Zähnen und fast keine Augenbrauen. Ihr Gesicht mit den blassen Sommersprossen war für Heinrich wie ein unlösbares Geheimnis und es schoss ihm durch den Kopf, dass es aussah wie eine offene Wunde, wie etwas sehr Verletzliches, ein Gesicht, dem das Weinen besser stand als das Lachen. Das Mädchen löste sich von dem Alten, ging einen Schritt auf Heinrich zu, fasste den Karton an dem Geschnür der Bindfäden und trat voran ins Haus. Sie musste den Kopf einziehen, der Knabe passte gerade hindurch, stolperte über die hohe Holzschwelle, fing sich und starrte in das Halbdunkel des kurzen, niedrigen Flurs mit schiefen Lehmwänden, weiß getüncht, gelblich verfärbt mit der Zeit, ein schlichtes, schwarzes Kreuz rechts und eine vergilbte Fotografie an der Wand links. Wieder eine Tür, ein heller, weißer, schlichter Raum, eine Küche, das Fenster geöffnet, eine Birke davor, gerade gegenüber der Tür. Der Junge blickte sich um und sah einen weißen Herd mit Backofen und diesem gegenüber einen festen, hellen Holztisch, eine hölzerne Bank dahinter und herum und einen Stuhl vorn, einen zweiten rechts daneben. Das Mädchen lehnte sich an den Tisch, blickte ihm tief in die Augen, winkte mit der Hand und deutete auf den Einzelplatz am Ende der Bank. Heinrich schritt bewusst weit und nahm breitspurig Platz, wie er es bei den Freunden seiner Mutter gesehen hatte, die am Frühstückstisch im heimischen Gelsenkirchen Platz nahmen, nachdem sie eine Nacht lang im Schlafzimmer geschnauft und gestöhnt hatten. Er wischte den Gedanken an seine Mutter fort und an ihre großen Brüste, die immer unter ihrem geblümten Kittel wackelten, wenn sie den Männern Kaffee nachschenkte oder ein Stück Brot reichte. Er zwinkerte mit den Augen, um bloß rasch den feinen Schleier loszuwerden, die Spur von Wasser, die sich hinter seinen Lidern zu sammeln drohte, wenn er an die Wohnung dachte, an sein kleines Zimmer, das dort sein Eigen war, an den braunen, zerschlissenen, zerliebten Teddy, mit dem er immer noch gekuschelt hatte, obwohl er das seiner Mutter oder einem Fremden nie gestanden hätte. Jetzt war er wer weiß wie viele Kilometer entfernt von den Zechen, den hohen Türmen mit den ewig sich drehenden Rädern und den rauchenden Schloten, jetzt saß er in einer Kate auf einem Bauernhof mitten zwischen Feldern, Wäldern, Seen und unendlichem Nichts, wie ihm dünkte, denn das hatte er durch das Fenster seines Waggons gesehen, ein riesiges Nichts aus Natur, gar nichts Handfestes wie eine Mauer, eine Häuserwand, ein Ladenfenster, ein Kiosk, eine Straßenbahn. Das Mädchen mit dem wunden Gesicht wieselte in der Küche herum, schob einen Topf weiter, zog einen Kessel heran. Ihre bunten Pantoffel tanzten auf den matten Kacheln. Dann fuhr sie herum, in einer Hand eine Kupferkanne und in der anderen einen großen Becher. Fröhlich schenkte sie Kakao ein, lachend, als müsste sie jeden Augenblick weinen. Sie kam heran, setzte den Becher vor Heinrich ab, wischte mit einem Handtuch über den Tisch, schwang herum und setzte sich übers Eck neben Heinrich, zupfte an ihrem Ringfinger, wischte sich eine rötliche Locke aus der Stirn, lehnte sich zurück, streckte die Arme über dem Tisch aus, verschränkte die Finger und ließ die Gelenke knacken. Heinrich sah ihr zu, bemüht, nicht zu starren. Dann griff er nach der riesigen Scheibe Brot, langte nach dem Schmalz und dem Messer, strich langsam und sorgfältig das Schmalz auf die raue Brotfläche, legte das Messer beiseite, griff nach dem Salzfässchen, streute zwischen Zeigefinger und Daumen ein wenig Salz auf sein Brot und biss kräftig hinein, denn trotzt der Stulle des Männleins hatte er Hunger. Das war das Privileg seiner jungen Jahre, und zu Hause in Gelsenkirchen wurde dieser Hunger nicht oft gestillt. Aber die große, graue Stadt war weit, weit fort, und die dunklen Wälder streckten die Arme nach Heinrich aus, über den Feldern schwebten Lerchen und die Seen spiegelten sich in den Augen des Mädchens. Als die beiden so nebeneinandersaßen, nah, aber nicht eng, als er begann, ihren Duft bewusst zu riechen, ihre Frische, ihren Frühling, da knarrte die schräge Tür in den schwarzen Eisenangeln, drehte sich, ließ den gebeugten, alten Mann hindurch, der mümmelte und murmelte und schwätzte und schnurstracks auf das Mädchen zuging, zielstrebig nach ihrer ihm zugewandten Brust griff und zärtlich und kräftig zugleich zudrückte. Mit einer schwachen Bewegung wies sie ihn zurück, lächelte, fast unter Zähren, mit ihrem festen Mund, beugte sich vor und zurück und lachte, als sollten ihr die Tränen kommen, und der Alte ließ ab, drehte sich zu Heinrich, schnauzte, bellte und rief und Heinrich stand auf. Er fasste den Jungen von hinten an beiden Schultern und schob ihn vor sich her, durch die Tür, den Flur entlang, hinaus ins Sonnenlicht. Dann gingen sie nebeneinander hinüber zum flachen Kuhstall, von dem her es mächtig stank, sodass Heinrich sich die Nase zuhielt, was das Männlein mit Grinsen quittierte. Er öffnete die beiden niedrigen Holzflügel der Haupttür, trat hindurch und blieb verschwunden, bis eine Kuh aus dem wackligen Stall trat, langsam, gemächlich, sich nach allen Seiten drehend, dann mit festem Schritt, während eine zweite, eine dritte und schließlich ein Dutzend schwarz-weißer Milchkühe folgten, mit baumelnden, dicken, rosa und gelben Eutern, mit Kot an den Flanken und Stroh im Fell. Sie zogen in langem Gänsemarsch an Heinrich vorbei in Richtung Tränke, während der mit offenem Mund dastand, denn er hatte zuvor noch nie eine lebendige Kuh gesehen, hatte bis vor kurzer Zeit noch geglaubt, dass Milch in Fabriken hergestellt würde um in kleinen, gemütlichen Milchgeschäften an der Ecke verkauft zu werden. Die Tränke bestand aus einem alten Trog, grünlich bemoost und zerschunden, vor dem die Tiere laut muhten, als wollten sie sich beschweren. Dann soff die Erste schlürfend, eine Zweite setzte ein, ein kurzes Drängen und Schubsen, bis das Männlein herbeistolziert kam mit knicksigen Schrittchen, in der hoch erhobenen rechten Hand eine lange Weidengerte schwingend, die er auf dem hohen, knochigen Hinterteil der nächst besten Kuh niedersausen ließ, dass es pfiff und klatschte und Heinrich sich die Hand vor die Augen schlug angesichts der vermeintlichen Katastrophe. Aber es geschah gar nichts, auch nicht, als die Gerte förmlich über den Tieren tanzte. Langsam und bedächtig verließen die Kühe die Tränke, Wasser troff von ihren kauenden Mäulern, und sie schwenkten um in Richtung Hain, schritten langsam auf die Eichen und Birken zu, völlig gelassen und ohne Hast, mit wippenden, schweren, behörnten Köpfen.

Es war drei Wochen später, als Heinrich wie an jedem Tag seit seiner Ankunft hinter den Kühen her in Richtung Wäldchen trottete, den Kopf voller schöner Gedanken, denn der Sommer hatte begonnen, das Gras duftete, Bienen schwirrten, Vögel jubilierten und die Sonne stand wie eine grelle Flamme im tiefen Blau des ostpreußischen Himmels. Heinrich starrte auf die Hinterbacken der Kuh vor ihm. Sie war stehen geblieben, hatte die Beine leicht gespreizt und ließ flatschend einen Fladen auf das spärliche Gras des Trittpfades fallen und noch einen, kleineren, und Heinrich dachte an das rötliche Mädchen, stellte sich vor, er spähte durch ein Astloch und sähe sie nackt in der Zinkwanne stehen, in der er an jedem Sonnabend baden durfte, nachdem sie gebadet hatte. Er sah ihre nasse, glitschige Haut mit den vielen, süßen, kleinen Sommersprossen, sah, wie sie ein Bein auf den Wannenrand setzte, um sich einzuseifen, sah ihr pralles, weißes Gesäß und schräg darüber die festen Brüste, nicht so riesig und unförmig wie bei seiner Mutter, sondern prall und hübsch und fest. Das Haar hatte sie aufgesteckt. Sie sang ganz leise und lieblich und Heinrich lauschte, bis ein empörtes Schreien ihn aus seinen Träumen riss. Unter der ersten, mächtigen Eiche, die ein wenig vor dem übrigen Wald auf einem kleinen Erdhügel stand, hatte das Männlein eine schwarze Tonne aufgebaut. In diesen Tonnen wurde dem Bauern Diesel geliefert für den Traktor, mit dem er nur selber fahren durfte und der auch die mächtige Dreschmaschine über einen gewaltigen Keilriemen antrieb. Die Tonne, die das Männlein angeschleppt hatte, war beschädigt. Also hatte er ihr einen Metallboden abgeschraubt und eine Art Klappe aus Holz darüber befestigt. Er öffnete die schmale Pforte, stopfte ein braunes, schreiendes Huhn hinein, und schloss die Falle sofort. Es war still. Mit gespreizten Beinen und ausgestreckten Armen näherte er sich wieder der Schar der arglos pickenden Hennen, beugte sich vor, schnappte zu, griff das gackernde, schreiende, schlagende Wesen, hatte es an den Flügeln gepackt, schleppte es mit wichtiger Miene zur Tonne und stopfte es hinein. Heinrich schluchzte auf, denn er mochte die Hühner, die friedlich vor sich hin pickten, manchmal aus einer Pfütze tranken und immer zutraulich zu ihm kamen, weil sie wohl Futter in seiner Tasche vermuteten. Er fiel dem Männlein in den Arm, als der ein weiteres Huhn anschleppte, doch der blaffte ihn an, ob er denn nicht wüsste, dass die Vogelpest ausgebrochen wäre, eingeschleppt aus Russland durch die Graugänse, die immer unter den Weiden landeten, und die Hühner gehörten abgemurkst, weil sie gefährlich geworden wären, nicht nur für die übrigen Hoftiere, sondern auch für die Menschen, und sie müssten verbrannt werden, das wäre das Sicherste und das Einfachste. Heinrich stand starr. Ob man sie nicht vielleicht betäuben könnte, wollte er wissen, bevor sie eingesperrt und verbrannt würden. Das Männlein schüttelte sich vor Lachen. Ob Heinrich denn wohl jedem Huhn Opium in die Tränke tun wollte, fragte er bissig, denn Heinrich hatte ihm und dem Mädchen einst von dem Mohnsaft erzählt, den seine Mutter ihm zu geben pflegte, das könnte doch nicht sein, so viel Zeit hätte keiner, fügte er hinzu, und Heinrich schlich davon. Denn trotz seiner kurzen Karriere auf dem Hof wusste er doch, dass es ihm zum Schaden war, wenn das Männlein ihn beim Bauern verpetzte.

Als fast drei Jahre vergangen waren, durfte Heinrich zum ersten Mal ins Hauptgebäude. Es war ein bitterkalter Wintermorgen. Der Hof und der Hain waren im Schnee versunken. Das Vieh blieb in den Ställen. Die Kühe standen in einer Reihe, schnoben kleine weiße Wolken in den Stall. Ihre Körper dampften. Das Männlein hatte alle Ritzen und Luken mit Lappen und Lumpen verstopft. Die Tage waren kurz. Lange vor Einbruch der Morgendämmerung begann Heinrichs Arbeitstag, wenn er das schmutzige Stroh aus dem Stall schaufelte, frisches zwischen die Beine der Kühe füllte, wenn er Schrot und Häcksel in die Tröge schüttete und zwei Mägde kamen, um die Kühe zu melken. Es waren derbe, handfeste Mädchen, denen der große, stille Junge leidtat. Sie griffen ihm zwischen die Beine, rieben sich an ihm, ließen sich betasten. Heinrich war voll in die Pubertät geraten, hatte ein pickeliges Gesicht und peinliche Träume. Atemlos wartete er in diesem Winter, bis das Holztor des Stalles in den Lederangeln quietschte, bis die beiden hereinstapften, die hölzernen Melkeimer klapperten, die Öllampe angezündet wurde. Die ältere trug tagaus tagein dieselbe Kittelschürze über einem ausgewaschenen blauen Rock und einer dünnen, roten Strickjacke. Sie hatte stets eine Gänsehaut auf ihren Unterarmen. Ihr Gesicht war schmal und knochig, die Nase groß, eine wenig schräg, die Lippen dünn und verkniffen. Das Schönste an ihr waren die großen, ausdrucksvollen, rehbraunen Augen, die ein Bewusstsein vortäuschten, das hinter der weißen Stirn nicht war, denn dort herrschten Einfalt und Frieden. Sie gab sich manchmal zickig, war aber nicht zimperlich. Auch wenn Heinrich in Ekstase geriet, ihr in den Hintern kniff, die Brust betatschte oder mit der schmalen Hand von hinten zwischen die Beine fuhr, blieb sie gelassen und freundlich, ein wenig scheu aber keineswegs zurückweisend. Die andere war blond, klein, wieselig, deutlich heller und unternehmungslustiger. Sie hatte ein Verhältnis mit dem Bauern, hatten das Männlein und das Mädchen mit dem wunden Gesicht übereinstimmend berichtet, und schwebte deshalb in steter Gefahr, ganz rasch entlassen zu werden. An diesem einen Tag nun, als die Milch in die glänzenden Kannen gefüllt war, als die Kühe gefüttert und abgerieben still kauten und dampften, da nahm die Blonde Heinrich an die Hand, zog ihn hinaus und fort von seiner vertrauten Kate, hinüber zum Haus, durch die schöne, eichene Tür in den Flur, eine kurze Holztreppe hinauf, in ihr Zimmer, in dem es nach Kernseife roch und nach Kölnisch Wasser, zum Bett, auf dem die Kissen und Decken blitzsauber und sorgfältig aufgestapelt waren. Auf das weiße Laken setzte sich das Mädchen mit den fröhlichen Lippen und den roten Pausbacken, und Heinrich stand vor ihr, innerlich bebend und auf das Höchste alarmiert, denn in einer solchen Situation hatte er sich noch nie zuvor befunden. In manchen Augenblicken glaubte er, ohnmächtig zu werden, ein anderes Mal roch er heimlich am Schweiß unter seinen Achseln, weil er glaubte, dass er stank. Am Anfang war es sein ganzes Bemühen, einen Blick auf ihre Schamhaare zu erhaschen, denn das hatte er sich in vielen Nächten als erstes und wichtiges Ziel im Umgang mit dem anderen Geschlecht gesetzt, einmal das geheimnisvolle Dreieck zu erspähen, das bis dahin alle Frauen vor ihm verborgen hatten. Kaum hatte er dieses Ziel erreicht, ging es auch schon unter in dem eigenartigen, erregenden Geruch, den er immer stärker spürte, in dem eigenen Beben und Bäumen und in den Dingen, die sie ihn zu tun veranlasste. Ihm war, als stürzte er eine Spirale hinab in immer engeren und schnelleren Kreisen, als taumelte er am Rand seines Bewusstseins wie eine Flamme im Wind, stets in Gefahr, zu erlöschen. Schließlich vermengten sich Licht und Dunkel, Formen und Farben zu einem süßen Etwas, das er in seiner Magengrube spürte, das ihn schwächte und zugleich stärkte, und dann war alles vorbei und er stand wieder neben dem Bett, auf dem sie jetzt ausgestreckt lag, die Decke über die Hüften gezogen, einen Arm unter ihrem Kopf, den anderen über ihre Brüste gelegt, und schon wollte er es wieder, wollte wieder die dunklen, harten, feuchten, wirren Haare sehen, die Innenseiten ihrer Schenkel, wollte ihre Brustwarze in den Mund nehmen, aber das wagte er nicht. Er zog seine Hose an und betrachtete nachdenklich einen roten, fast lilafarbenen Flecken auf seiner Brust und sie lachte ihn an und erklärte, das käme vom Küssen und vom Kosen und er sollte es als Andenken mitnehmen aus ihrem Zimmer, aber länger könnte er nun wirklich nicht bleiben, weil die Herrschaften bald nach Hause kämen, und was dann passieren würde, könnte er sich gar nicht ausmalen. Also fiel den armen Heinrich ein Gefühl der Schuld an, wie er es nur einmal empfunden hatte, als ihn seine Mutter beim Onanieren erwischt hatte. Rasch vollendete er seine schlichte Garderobe und rannte hinaus, die Treppe hinunter, den Flur entlang über den Hof und hinüber in die schiefe Kate, wo das Mädchen mit den Sommersprossen ihn kurz anblickte, die Hand vor den Mund schlug und kicherte, lachte, nicht aufhören wollte, sich bog und wand und hustete und keuchte vor Lachen. Schließlich zog sie ihn vor den halb blinden Spiegel neben dem Herd. Auf seinem Hals sah

Heinrich eine Reihe von blauen Flecken und wusste, dass auch sie nur vom Kosen stammen konnten. Also klapste er dem verdutzten Mädchen freundlich auf den Hintern und ließ es mit offenem Mund zurück, als er sich in seine Kammer zurückzog, um noch ein wenig zu träumen.

Das Männlein hatte den Hütejungen aus Westfalen von Anfang an mit in den Wald genommen, auf die Jagd, wie er zu sagen pflegte. Er hatte zwar stets ein Kleinkalibergewehr dabei, waidmännisch auf dem Rücken, geladen und gesichert. Aber auf ein Tier geschossen hatte er in seinem ganzen Leben wohl selten. Einmal hatte Heinrich gesehen, wie das Männlein neben dem Misthaufen einen kranken Spatz mit dem Luftgewehr hinrichtete. Danach war der Schütze stolz mit seiner winzigen Beute herumgeeilt, hatte sie jedem gezeigt und betont, dass er ein ausgezeichneter Schütze wäre, diesen Vogel im Flug über die Scheune mit einem Schuss erlegt hätte. Meist begannen sie ihre Streifzüge hinter der Kate, überquerten die große Wiese dort, von der das meiste Heu des Hofes stammte. An einer birkenbestandenen Sandkuhle gingen sie vorbei, wo sie den grauen Hofhund begraben hatten, der unter das Auto des Tierarztes geraten war. Dann ging es über einen Feldweg und hinein in den Wald, der rasch dichter wurde. Die erste Rast legten sie an einem versteckten Ansitz ein. Dort rauchte das Männlein eine Pfeife und trank Stachelbeerwein aus einem Flachmann mit Drehverschluss. Manchmal wollte auch Heinrich trinken, und er durfte es auch, und immer war ihm hinterher schwindlig. Aber es fühlte sich auch gut an. Er wurde leichter und unbefangener, unternehmungslustiger und entwickelte manchmal sogar mörderische Gelüste. Dann gingen sie unter feierlich dunklen, riesigen Tannenbäumen weiter über einen dichten Teppich aus braunen Nadeln und Moos, bis sie durch einen Mischwald auf eine Lichtung kamen. Dort ästen oft Rehe. Das Männlein legte dann den Zeigefinger über die Lippen, kauerte sich hin und rührte sich nicht. Keinen Gedanken verschwendeten sie an das Gewehr, noch viel weniger verbanden sie die Möglichkeit zu töten mit den Tieren. Die Waffe kam stets erst dann zu ihrem Recht, wenn sie in den Kiesabbau kamen. Dort nahm das Männlein einen Stock und malte eine Zielscheibe in den Sand einer Seitenwand, worauf er hundert Schritte abmaß, Heinrich zuwinkte, das Gewehr entsicherte und es dem Jungen in die Hand drückte. Der zielte kurz, schoss, und eine Fontäne von Sand und Staub flog hoch und trieb davon, ein Einschlagloch zurücklassend. Einmal, nur ein einziges Mal, hatte sich ein schlecht gelaunter Eichelhäher in den improvisierten Schießstand verirrt. Er saß auf dem krummen Zweig einer verkrüppelten Birke und schimpfte und schrie. Das Männlein war 20 Schritte entfernt. Es riss das Gewehr hoch, zielte ganz kurz, drückte ab, und der Vogel zerstob in einer Wolke prächtig bunter Federn. Verdutzt erstarrte der alte, krumme Mann, blieb reglos und gebeugt stehen, die Flinte noch an der Wange, während Heinrich die Tränen aus den Augen schossen. Stumm traten sie den Heimweg an, wortlos trennten sie sich vor der Kate. Doch am Abend stand Heinrich an dem schmalen, schiefen Fenster seiner Kammer und hörte, wie das Männlein dem Mädchen berichtete, wie sie unter schwierigen Bedingungen sich angeschlichen hätten an diesen scheuen Vogel und Späher des Waldes, wie er, das Männlein, das schlaue Tier überlistet hätte durch den nachgeahmten Ruf eines Weibchens, wie dann der Vogel aufgestiegen wäre, wie ein Blitz hinauf in das Blau des Himmels stürzend, wie das Männlein ohne anzulegen aus der Armbeuge geschossen hätte, wie weiland Karl Mays Old Shatterhand, und der Vogel fiel zur Erde, waidgerecht erlegt, die Augen brachen ihm, als Heinrich sich über ihn beugte, um einen Kieferbruch auf den kleinen Körper zu legen, denn so ehrte der Jäger seine Beute im Tod. Heinrich nahm die Worte Ehre, Tod und waidgerecht tief in sich auf. Ein anderes Mal trafen sie, kaum dass sie einige Male auf die Zielscheibe aus Sand geschossen hatten, den großen Horst. Der war bereits in seinen jungen Jahren zu einer Legende in dem kleinen Dorf am See geworden. Es ging die Sage, dass er besser schösse als Old Surehand und Old Firehand zusammen einschließlich Winnetou. Das Männlein hatte oft von den Ruhmestaten des Horst berichtet, wie dieser auf 200 Meter Entfernung mit dem Bolzen eines Luftgewehres einen Hasen mit einem Schuss ins Auge erlegt hätte, wie der Horst jedem, der den Mut dazu hätte, eine Münze zwischen den Lippen wegschösse oder wie der Held auf einer Lichtung einen vierendigen Hirsch mit bloßen Händen zu Boden geworfen hätte, um ihm dann großmütig die Flucht zu gestatten. Aber auch die allumfassende Liebe des großen Horst kam in den Geschichten vor. Wie er eines Heiligabends mit einer Axt in den Wald gezogen wäre, um den Weihnachtsbaum zu schlagen und wie er am Weihnachtsmorgen mit leeren Händen vor der Tür gestanden hätte. Er hätte eine Rehmutter mit ihrem Kitz getroffen. Die Tiere hätten sich in der Nähe des von ihm ausgesuchten Baumes zur Ruhe gelegt und er hätte es nicht über sein Herz gebracht, sie zu stören. Fest stand, dass der Horst keine Eltern mehr hatte, dass er ein Hüne von Gestalt war und schlau dazu, dass er schwarzes Haar, grüne Augen und breite Schultern hatte, und dass er von der Emilie angenommen war, als Bruder der Grete großgezogen und, was weitaus schwieriger war, ernährt und gekleidet wurde.

Heinrich blieb befangen stehen, als sich das Männlein anschickte, den Jungen zu begrüßen, der drei oder vier Jahre älter sein mochte als er selber. Als der Alte winkte, schlurfte der Hütejunge langsam auf die beiden zu, das Gewehr in der rechten Hand, den Arm betont starr ausgestreckt. Der große Horst griff nach der Waffe, musterte fachmännisch das Schloss, den Lauf, den Schaft, blickte in die Mündung, als ob es dort etwas zu sehen gäbe, zog an dem Hebel, der die alte Patrone auswarf und eine neue vor den Bolzen schob, legte an, kniff das linke Auge zu, zielte mit dem rechten, drückte ab, schnurrte sich selbst Beifall, und Heinrich sah, wie schwarze Federn aus einer Fichte stoben, bevor eine Krähe zu Boden flatterte und stürzte und wehte, sich überschlug, auf den Waldboden prallte, zitterte und raschelte und dann ganz stilllag. Er lief hinüber, um zu sehen, ob das Tier wohl noch zu retten wäre, während das Männlein dem großen Horst begeistert auf die Schulter klopfte.

Als der Herbst jenes Jahr das Laub des Mischwaldes in ein Flammenmeer verwandelt hatte, war es Heinrich längst zur Gewohnheit geworden, im Hause der Emilie und ihrer Tochter Grete zu verkehren. Horst führte meist das Wort, Emilie saß still daneben und wärmte sich ihre Hände an der Teetasse, während Heinrich lauschte. Aber auch er wurde im Laufe der Tage und Wochen lebhafter, sprach über Gelsenkirchen, seine Mutter, den denkwürdigen Steinwurf und den Mohn in der Milch. Heinrich hütete die Kühe im Sommer und faulenzte im Winter, trank Unmengen Milch und aß noch mehr Bratkartoffeln, die das Mädchen mit Speck und Zwiebeln zubereitete. Manchmal besuchte er die dralle Magd in ihrer Kammer, turnte mit ihr herum, vermied es aber standhaft, sie in die Nähe einer Schwangerschaft zu bringen. Es dauerte lange, aber es war letztlich unvermeidlich, dass er auch das Mädchen mit dem wunden Gesicht verführte. Er war dem Schulalter entwachsen, groß, blond, kräftig, hätte der kleine Bruder von Hans Albers sein können mit seinen leuchtenden, blauen Augen. Er führte das Mädchen zum Tanz und dann immer öfter die Grete und eines Tages war er verheiratet, da hatte ihn die zehn Jahre ältere Emilie zum Mann genommen.

Am Nachmittag vor der Hochzeit hatte Emilies Mutter den Heinrich zum Tee gebeten, hinter die schwere, massive Mahagonitür, die zweite Tür rechts, die neben der Küchentür aus der Eingangshalle führte, in ihr halbdunkles Teezimmer mit Mahagonimöbeln und dunkelroten Samtbezügen. Der Tag hatte nicht schlecht begonnen. Früh am Morgen, als es noch dunkel war, hatte ihn das Mädchen mit einem Kuss geweckt, ihm Kaffee ans Bett gebracht, ihn gestreichelt, und er hatte es genossen, obwohl er es nicht mochte, wenn sie zu einer Zeit zärtlich mit ihm war, in der er noch nicht gewaschen war, die Zähne noch nicht geputzt hatte. Mit halb geschlossenen Augen hatte er ihr unter den Rock gegriffen, unter die bollerige Leinenhose, und sie hatte geschnurrt wie ein Kätzchen. Dann hatte er das heitere Männlein vor dem Kuhstall getroffen. Es saß und sang und hatte eine Flasche Wodka in der Hand, zu einem Viertel geleert. Also setzte er sich dazu, tief im Inneren schöne Gedanken und die Vorfreude, denn er war ja zur Mutter seiner liebsten Emilie eingeladen. Er nahm die Flasche und trank einen tiefen Schluck und noch einen. Dann kam der Bauer vorbei, gesellte sich zu ihnen und nötigte sie, eine zweite Flasche aufzumachen, die er beisteuerte. Heinrich wollte abwehren, war aber einerseits schon zu betrunken, um einsichtig zu sein, andererseits war es nicht seine Gewohnheit, dem Bauern zu widersprechen, denn die Folgen waren nicht vorhersehbar. Bald schon kreisten die Gespräche um die Mägde, das Mädchen und die hassliche Bäuerin, die zu besteigen sich der Bauer strikt weigerte, indem er mit dem Unterarm weit ausholende Bewegungen machte, die fünf Finger gespreizt, als könnte ihn der böse Blick der klapperdürren Alten bis hin zum Kuhstall verfolgen. Dann kam das

Mädchen vorbei und Heinrich erstarrte vor Scham, als er hörte, was die beiden älteren Männer ihr zuriefen, wozu sie die junge Frau aufforderten. Er glaubte, in den Boden versinken zu müssen, aber das Mädchen lächelte als wollte es weinen, blieb kurz stehen, setzte keck einen Fuß vor den anderen, den Korb in die Seite gestemmt, einen Arm kokett darum gelegt, drehte sich in der Hüfte und nannte die beiden Feiglinge, die sich nur etwas vorstellen könnten, nicht aber die Sache durchziehen, da wäre Heinrich ein anderer Kerl. Jetzt drehten sich die beiden Gescholtenen dem Hütejungen zu, der gerade aus der Pubertät war, blickten ihn an, zornig, betrunken, eifersüchtig, bis der aufsprang und ohne ein weiteres Wort das Feld räumte, hinüber rannte zum Hain, zur großen Eiche, sich dort in das Gras legte und einschlief, denn er hatte sein Maß völlig überschritten, sodass er nicht mehr denken konnte und die Übelkeit in seinem Rachen immer wieder hoch drängte. Gegen Mittag erwachte er, blickte zur Sonne, denn eine Taschenuhr kannte er nur vom Bauch des Bauern. Er wusste, dass er sich beeilen musste, wenn er die Verabredung mit seiner Braut einhalten wollte, aber ihm war speiübel. Mit dem kalten Wasser aus dem Brunnen wusch er sein Gesicht, spülte seinen Mund, benetzte seine Haare, die Übelkeit stand über seinem Magen wie festgewachsen. Unentschlossen trabte er den langen Weg zum Dorf hinunter, kam an dem grün bekrauteten Karpfenteich vorbei, den die Feuerwehr als Wasserreservoire angelegt hatte, an dem hohen, braunen Schlauchturm, an den ersten schiefen Katen und einem neuen Haus. Vor einer Kate hockte eine alte Frau und schlug ihr Wasser ab, während ihr Sohn neben ihr stand und heftig an seiner Pfeife zog. Der Sohn hatte eine dicke Brille. Hinter dem gelblichen Glas waren seine Augen verborgen, das Gesicht war schief verzogen, die grüne Schirmmütze saß im Nacken, die blaue Leinenjacke stand über Brust und Bauch offen und die braune

Manchesterhose hatte er mit einem Bindfaden zugebunden. Heinrich hatte Angst vor dem Mann, von dem Emilie behauptete, dass er schwachsinnig wäre und mit seiner Mutter und Schwester schlief. Er hastete vorbei. Das neue Haus war erst zehn Jahre alt, fest gemauert und grau verputzt, mit blauen Holzläden und einem roten Schornstein. Darin wohnte der Hubert mit seiner hübschen, rotwangigen, blond bezopften, drallen Frau und den beiden Kindern, zwei reizende, adrette Mädchen, die stets in bayrische Trachten gekleidet waren. Hubert war Bäckergeselle und hatte einen festen, tiefen, fast religiösen Glauben. Er glaubte zu wissen, dass Adolf Hitler schlichtweg der verheißene Messias wäre, dass dem deutschen Volk die Zukunft gehörte wegen seiner gottgewollten und zwangsläufigen rassischen Überlegenheit, dass ein Krieg unvermeidbar wäre und „der Jude" nur noch mit Ratten zu vergleichen. Hubert hatte sich einen braunen Oberlippenbart wachsen lassen, trug stets eine grüne Lodenjacke mit Hirschhornknöpfen und eine knielange Lederhose sowie einen Gamsbart am grünen Lodenhut. Er war ein bekannter Meisterschütze und bekennender Wilddieb. Seine heimliche und eigentlich verbotene Jagd im Forst des Gutsbesitzers von Flossen begründete er mit dessen welscher Abstammung, denn die Mutter war Polin und vielleicht sogar eine polnische Jüdin mit ihrer Hakennase, den dunklen Augen und dem schmalen Gesicht. Also gehörte das Wild gar nicht dem Herrn von Flossen, dem die Nationalsozialisten schon bald ein Paar auf die Flossen zu geben gedachten, es gehörte vielmehr dem deutschen Volk und somit Hubert, der ein begeisterter Volksgenosse war. Die Jagd brachte dem Bäcker mehr Geld ein als sein eigentlicher Beruf, den er morgens von 2 Uhr bis 6 Uhr ausübte. Danach streifte er fast täglich durch die Wälder und erlegte alles, was nicht vor ihm weglaufen konnte, ob Rehmutter oder Kitz, ob führende Bache oder Frischling, ob

Wisentkuh mit Kalb oder junge Habichte im Nest. Er war geschickt im Zerlegen und Portionieren der Beute und schaffte sie meist in die Kreisstadt. Dort hatte er äußerst dankbare Abnehmer. Der Kaufmann erwarb stets größere Mengen, um sie in seinem Laden feilzubieten, der Apotheker kaufte gern bei ihm, denn Hubert war ein Parteigenosse und der Herr Doktor ein Feinschmecker, der sich gern ein Kitzfilet Stroganoff zubereiten ließ. Auch der Pastor und der Lehrer konnten sich das Fleisch leisten und fragten nicht weiter nach der Herkunft.

Hubert stand in der offenen Haustür. Seine Frau reckte sich im knallgrünen Vorgarten nach der Wäscheleine, um schnörkellose Schlüpfer, Hemden und Büstenhalter mit Holz-klammern fein und adrett in Reih und Glied zu hängen. Wohlgefällig betrachtete ihr Mann die strammen Waden, die Kniekehlen und etwas höher den Ansatz ihrer weißen Schenkel, deren Fortsetzung sich sittsam unterm Dirndlsaum verlor. Da kam der Heinrich geschlendert, geschlichen und getorkelt und Hubert sah den seltsamen Knaben, der so viele Jahre auf dem einsamen Hof die Kühe gehütet hatte, der eine Schule nicht kennengelernt hatte, denn in der neuen Heimat war dafür niemand zuständig gewesen, der gleichwohl schreiben konnte und ein fixer Rechner war. Hubert hielt ihn für einen ausgemachten Idioten, für den Dorftrottel schlecht-hin, und er winkte ihn herbei, fast war es ein Befehl, nötigte ihn in das kleine Wohnzimmer, das weniger aufwendig ein-gerichtete, das mit dem Fenster zur Straße hin lag, hieß ihn, sich zu setzen und schleppte eine fast volle Flasche Obstler herbei. Heinrich schauderte es. Aber er wollte es sich mit dem strammen Nazi nicht verderben, der demnächst Ortsgruppen-leiter werden sollte, wie jedermann wusste. Er nahm das volle Glas aus der Hand des Bäckers, stürzte den Schnaps hinunter und etwas Merkwürdiges geschah: Er hatte das Gefühl, dass Übelkeit und Trunkenheit weggeblasen wären, er fühlte sich frisch und frei, hatte den Kopf klar und war voller Tatendrang. Er lächelte Hubert an, streckte seinen Arm aus und hielt ihm das leere Glas entgegen. Der räusperte sich anerkennend, schenkte nach, trank selbst und klopfte Heinrich auf die breite Schulter, nannte ihn einen echten Germanen, einen Arier mit breiten Schultern, blondem Haar und blauen Augen, wünschte ihm, er werde sich freiwillig der SS anschließen und entließ ihn gnädig und huldvoll mit der Hand wedelnd, wie er es beim Führer gesehen hatte in den schwarz-weißen Bildern der Wochenschau. Heinrich hätte um ein Haar der Hausfrau auf den Hintern gehauen, den sie ihm einladend entgegenreckte, während sie einem Korb weitere Wäsche entnahm. Gerade noch zuckte er zurück, hätte sich sonst einen bitteren Feind fürs Leben geschaffen, wie es ihm siedendheiß aufging. Verlegen grinste er zur Haustür zurück, wo Hubert stand, die Fäuste in die Hüften gestemmt, Schultern preußisch vorgeneigt, verbindlich und ein wenig trunken grinsend, und Heinrich fand sich auf der staubigen Dorfstraße wieder.

Emilie erwartete ihn an der Auffahrt zu dem mächtigen Bauernhaus ihrer Eltern, das eher wie ein Gutshaus aussah. Sie gingen nebeneinander über den knirschenden Kies zur Tür hin, und Heinrich bemühte sich sehr, sie sein Schwanken und Taumeln nicht merken zu lassen. Ansonsten war er bei klarem Verstand und bester Gesundheit und auch sonst sehr zufrieden mit sich selbst. Er staunte wohl, dass er keine Verlegenheit spürte, kein Lampenfieber, das er just an diesem Tag nicht empfand, dass er als Halbwaise und Kind einer zweifelhaften Frau aus dem Pott üblicherweise in einer anderen Liga spielte als die gnädige Frau, die viel Geld zu haben schien. Seine eigene Mutter hätte sich auf die Schenkel geschlagen und gegrölt, hätte er ihr gegenüber auch nur das Wort Teezimmer erwähnt. Die riesige Tür schloss sich hinter ihnen, die Stufen, das Teezimmer. Emilies Mutter war in Schwarz gekleidet, hatte sich eine Stola um die Schultern gelegt und saß am Kopfende des langen Tisches direkt unter dem Fenster, sodass sie wie ein perfekt eleganter Schattenriss schien gegen das helle Licht. Das klare, vornehme Profil, die schmale Nase, das sorgfältig gelegte Haar mit dem Knoten. Sie strahlte die ruhige Gelassenheit der großen Welt aus. Heinrich ging um den Tisch herum, verbeugte sich knapp vor ihr, streckte seine Hand aus, die sie ganz kurz ergriff. Mit einer Geste aus dem Handgelenk heraus forderte sie ihn auf, sich zu setzen, auf einen dieser kostbaren Mahagonistühle, deren Wert er nicht genau erkannte, wohl aber erahnte. Aber es war ihm recht gleichgültig, denn Geld hatte er in seinem Leben noch nicht besessen. Ein wenig zitterig war seine Hand, als er den Tee aus dem dünnen Porzellan schlürfte, und als er die Tasse absetzte, spürte er, dass er sehr betrunken war. Übelkeit stieg erneut in ihm auf, Schwindel kreiste unter seiner Schädeldecke und, schlimmer noch, gerechter Zorn stieg in ihm auf, Wut auf die vornehmen Leute, auf die, die viel besaßen und nichts hatten, auf die affektierte Gewitterziege mit ihrem spitzen, roten Mund und der hellweißen Teetasse und voll Wehmut dachte er an seine dickbrüstige Mutter, Zigarette im Mund, Lockenwickler im dichten, festen, roten Haar, die Ellbogen auf den Küchentisch gestützt, Kaffee aus der lackierten Blechtasse schlürfend. Emilies Mutter musterte Heinrich eine ganze Zeit schweigend. Dann spitzte sich ihr Mund und sie flötete Wörter und Sätze, begehrte zu wissen, ob das Recht auch im Ruhrgebiet gesiegt hätte, in diesem dunkelroten Winkel Deutschlands, der doch fast überwiegend von ostischen Menschen besiedelt wäre. Heinrich erkundigte sich höflich, von welchem Recht die Gnädige wohl zu sprechen geruhte. Von dem einzigen Recht, gab sie zurück, von dem Recht des Führers und seiner völkischen Bewegung, von dem der SA und des tapferen Volkes, das nun wohl Schluss machen wollte mit dem Krebsgeschwür, das der Jude im Körper des deutschen Volkes wäre, und gegen Ausländer hätte sie nichts, auch nicht gegen solche aus dem Osten, die doch von Geburt minderwertig und lebensschwach wären, auch nicht gegen solche wie Heinrich, die einen ostischen Namen führten, nur sollten sie in ihren Holzdörfern bleiben und auf ihren kargen Feldern, sollten sich begatten und vermehren und das deutsche Volk in Ruhe lassen, denn eine Vermischung der Rassen wäre eben Völkermord, und da könnte ja gleich der Neger in Königsberg ansässig werden. Heinrich hörte zunächst ganz still, demütig, furchtsam und höflich zu. Dann griff er nach Emilies Hand, die stocksteif neben ihm saß und leicht und leise den Kopf schüttelte, ihn anblickte aus ihren treuen Rehaugen, in denen es feucht glitzerte. Schließlich richtete er sich langsam auf, drückte seine Brust heraus, schluckte Galle hinunter, hielt die Luft an, wurde puterrot und schrie los. Dass sie kein Recht hätte auf diese Weise über ihn, seine Mutter, seine Freunde und Verwandten zu reden, dass ostisch ja, aber auch deutsch, und wie deutsch, seit mehr als 100 Jahren in Gelsenkirchen ansässig, ursprünglich aus Arys in Masuren, wo Preußen am deutschesten überhaupt wäre, dort in Arys im Kirchenregister 1727 erwähnt als preußisch, Großvater im Ersten Krieg gefallen, hoch dekoriert, an der Ostfront, kurz vor der Kapitulation des Russen als Held im Felde geblieben, und er hieb auf die Tischplatte, dass seine Tasse umkippte, vom Tisch rollte, zu Boden fiel und zersprang. Tannenberg, schrie er, und Insterburg und als Sieger Hindenburg. Emilies Mutter war gerührt. Sie seufzte, als sich Heinrich gesetzt hatte, ließ ein Stückchen braunen Kandis in ihren Tee gleiten, rührte um und sprach, sie wollte das Thema wechseln. Ob ihm schon aufgefallen wäre, wollte sie wissen, dass es schlecht um die deutsche Sprache bestellt wäre, dass alle Tabus nicht nur gebrochen, sondern geradezu überrannt würden, weil den Menschen nichts Neues einfiele. So würde aus Jesus Jupp und aus dem heiligen Kreuz ein Reck. Nicht, dass sie es mit der Kirche hielte. Aber an bestimmten Dingen sollte der Mensch nicht rühren, solange er sie nicht ergründen könnte. Es käme noch so weit, dass sich die Volksgenossen die Gesichter tätowierten und sich Metallscheiben durch die Lippen zögen, wie es der Neger zu tun pflegte, nur um aufzufallen, um besonders zu sein, dabei wäre der deutsche Mensch doch unwiderlegbar besonders und einzig und allein anderen Menschen überlegen, mit Ausnahme der Skandinavier vielleicht und den Kelten in England. Heinrich war es speiübel. Der ungewohnte Tee war ihm auf den Magen geschlagen und die heftige Aufregung ebenfalls, sodass er sich betrunkener fühlte, denn je. Er blickte die alte Frau am Kopfende an mit seinen großen, blauen Augen, bis diese irritiert zur Tür schaute, aber er blickte, ohne zu sehen. Dann öffnete er den Mund und erbrach sich über das blütenweiße Tischtuch mit den prächtigen Stickereien, über die selbst gebackenen Kekse und das blaue Glasschälchen mit Kandis, über das passende, blaue Milchkännchen und, fast bewusstlos und krampfhaft würgend, über die schwarze Spitzenstola der Gastgeberin. Emilie kreischte auf, die Alte schwieg ungerührt. Schließlich schloss er den Mund, zog ein Taschentuch hervor, wischte sich den Mund ab, lehnte sich zurück und grinste einfältig. Emilies Mutter stand auf und rauschte aus dem Teezimmer, als schwämme sie durch die dichte, stickige Luft. Emilie rannte hinterher, Heinrich blieb allein.

Heinrich zeugte mit Emilie Mädchen, fünf an der Zahl, jeweils im Abstand eines Jahres. Süße, kleine Dinger waren das, die er über alles liebte, herzte und küsste und mit all seiner Kraft gegen jedermann verteidigte, der sie kränken wollte. Grete kam einmal in der Woche nach Hause, wenn sie ein dienstfreies Wochenende in der Apotheke hatte. Das kleinste Mädchen konnte noch nicht richtig laufen, als das älteste eingeschult wurde. Heinrich arbeitete hart, spielte Schach mit dem Lehrer und dem Pastor und manchmal ging er in den Laden mit Destille, um sich zu betrinken. Dann wurde er müde und schlief auf der Straße ein, in der Gosse, worüber Emilie stets in Tränen ausbrach, denn sie schämte sich vor den Nachbarn. Das war aber die einzige Entgleisung, die Heinrich sich leistete, und obwohl er blendend aussah, in seinem blauen Zweireiher mit seinen hellen Augen und dem hellen Haar, obwohl er dem Hans Albersschen Schönheitsideal sehr nahe kam, dem Nazi-Traum vom germanischen Herrenmenschen: Seine Treue zu seiner Frau war sprichwörtlich. Dabei war sie keineswegs eine Schönheit, klein, mit dunklem Dutt und stets in geblümter Kittelschürze und Wollstrümpfen. Aber sie liebten sich, und auch Emilies Eltern zeigten sich zufrieden und auch der große Horst, dessen Fast-Stiefvater Heinrich geworden war. Heinrich hatte Arbeit in einer kleinen Fabrik gefunden, wo er als dritter Mann an der Schere stand, verantwortlich dafür, dass große Blechstücke dem zweiten Mann angereicht wurden, der sie auflegte, während der erste Maß nahm und dann das Messer auslöste. Manchmal, wenn Heinrich nach der ehelichen Pflicht noch wach im Bett lag und seine Frau schwer atmen hörte, manchmal träumte er, dass er zum ersten Mann befördert worden wäre. Kein schweres Schleppen mehr, keine blutigen Schwielen, sondern einfach eine leichte Korrektur, so mit den Fingerspitzen oder Knöcheln, dann ein Druck auf den dunkelgrünen Gummiknopf und ab, der Zweite sprang hinzu, nahm das geschnittene Blech, reichte es dem Dritten, der es fortasten musste, mit beiden Händen fest packend, ausgestreckte Arme, die scharfe Kante an der Lederschürze vor dem Bauch. Es sollte ein Traum bleiben, auch wenn er fast ein halbes Jahr die Arbeit des zweiten Mannes machte, weil der zur Wehrmacht musste. Und dann, an einem herrlichen Tag im Mai, traf es ihn auch.

## Gretes Schicksal

Als Wolfram fast vier Jahre alt war, wurde seine Schwester geboren. Das war im späten Winter, da der Schnee nicht mehr weiß war und die Nächte länger wurden. Wolfram saß Stunde um Stunde vor der verschlossenen Tür des elterlichen Schlafzimmers, lauschte angespannt, ob er das Atmen seiner Mutter hören konnte, das Schreien des Babys. Hinein durfte er nicht, aus Prinzip nicht, denn sein Stiefvater war streng und legte großen Wert darauf, mit der Grete allein zu sein, besonders in der Nacht, wenn er ein quäkendes Kleinkind überhaupt nicht ertragen konnte. Dieses Kind hatte er mit der Grete erworben, in einem Paket, als kostenlose Dreingabe. Denn der kleine Wolfram hatte keinen Vater, war von der Mutter neben den Eisenbahngleisen abgelegt worden, fast im Vorübergehen, hatte dann ein Jahr mit der Mutter bei Emilie und den übrigen Mädchen gelebt, bis sein Ziehvater sich für die pralle, kleine Grete interessiert und sie mit seinem Großmut beschämte, als er sie zur Frau nahm, sie, die Gezeichnete, Gebrandmarkte, die von einem Feind, einem Russen, schwanger geworden war und das Kind zurückgebracht hatte ins Reich, das es auf der Landkarte nicht mehr gab, wohl aber in den Köpfen und Herzen. Drei Mal war der ehemalige Feldwebel Bernd mit dem Zug nach Lübbecke gefahren, um Grete zu besuchen und natürlich auch das Ding da, das auf einer Decke unter dem Kirschbaum lag und fröhlich quiekte und strampelte, den schwarzen Vögeln zusah, die in den Ästen Kirschen pickten, lachte und strahlte und rote Bäckchen hatte, denn es wusste ja nicht, dass es ein Bastard war, ein Wechselbalg des Krieges, gezeugt von einem Barbaren, der heiligen deutschen Boden betreten und damit entweiht hatte, der sich nicht schämte, Rassen zu vermischen, deutsches Blut zu schänden, die Frucht seiner Schande in die Welt zu setzen. Bernd hatte zunächst berechtigten Zorn empfunden über diese Schlampe, die schon immer geglaubt hatte, etwas Besseres zu sein, die ihn so kühl und schnippisch abgefertigt hatte, wenn er vor der Ortelsburger Garnison auf sie wartete, damit er einen Blick auf ihre Haare, ihre Augen und ihren festen Busen erhaschen konnte, wenn sie mit dem Fahrrad vorbeifuhr, auf dem Weg von der Apotheke nach Hause. Einige Male hatte er sie lachend gezwungen, das alte Rad abzubremsen, zu halten, damit er sich mit ihr unterhalten konnte, hatte ihr Bonbons geschenkt, die roten, mit Himbeergeschmack, hatte gelacht und gebalzt und geturtelt, obwohl sie seine Annäherungen nur mit mäßigem Interesse zur Kenntnis nahm, rasch davonfuhr, nicht ohne zu betonen, dass der Sohn des Gutsbesitzers schon auf sie wartete oder der junge Herr Hauptmann, und immer war er so betrübt zurück geblieben, wie es sein schlichter, gerader und zu Gefühlen nicht fähiger Verstand erlaubte. Denn Bernd war erzogen worden, um nicht an Liebe, Seele und derartigen Kram zu glauben, solange es ihm gut ging. Wenn ihn eine Frau berührte, spürte er das in seiner Unterhose und das reichte. Musik war ihm verdächtig, von Literatur hatte er im Zusammenhang mit dem Verbrennen unliebsamer Gedanken gehört, und Maler, Fotografen, Artisten und Schauspieler waren doch Vagabunden und Spitzbuben, Menschen, die keine Lust hatten zu arbeiten, die anderen schöne Augen machten, um mit deren Geld weiter zu ziehen. Nie hatte er erlebt, dass sein Vater seine Mutter umarmte, herzte, drückte, küsste, und auch er war in seinem Leben nicht geküsst worden, auch nicht von seinen Schwestern. Als er Grete zufällig nach dem Krieg traf, da spürte er es wieder, diesen Druck in der Unterhose, und da machte er sich auf, mit ihr zu schlafen. Denn wie konnte sie ihn abweisen, der die letzten Kampfhandlungen überlebt hatte, weil er im Tilsiter Hafen als einer von ganz wenigen Soldaten nüchtern geblieben war, weil er das letzte Schiff erreicht hatte und zudem noch seinen Burschen mitgeschleppt hatte, diesen windigen Architekten, der so wunderbar organisieren konnte. Wie konnte sie ihm widerstehen, dem gelernten Kaufmann, adrett, flink, flexibel, elastisch, die Haare an den Seiten kurz, glatt rasiert, stets zu einem lauten Lachen bereit, hahahaha!, Jacke oben eng, zur Taille ausgestellt, Reithosen, ein guter Deutscher auch in Zeiten der Kapitulation, ein aufrechter Nationaler auch ohne Hitler, ein erklärter Antikommunist. Er hasste diese bärtigen Drückeberger und kriegsflüchtigen Feiglinge, diese Linksintellektuellen, angeblich benachteiligten Arbeiter, die nur zu faul waren und das jetzt auch im Osten Deutschlands beweisen konnten. Doch Grete zögerte und machte ihn wütend, reizte ihn aber dadurch noch mehr. Er wollte nicht wahr haben, dass ein deutsches Mädchen, das sich mit dem Feind eingelassen hätte, überhaupt noch einen Mann ablehnen könnte. Aber sie tat es, denn sie ahnte, dass er seelenlos war. In der Zeit, in der sie zögerte, lebte er in der Lüneburger Heide, im Wendland, arbeitete als Hilfsarbeiter bei einem bärbeißigen aber gutmütigen Bauern, schlachtete schwarz ein Schwein mit der Schwiegermutter des Landwirtes und zog an jedem Sonnabend abends zu Fuß in ein knapp 30 Kilometer entferntes Dorf, in dem eine kleine Kapelle spielte. Er hoffte, dort an einem dieser duftvollen Heideabende eine Magd begatten zu können. Aber das ergab sich nie. Grete saß in Westfalen, wiegte Wolfram auf den Knien, überließ ihn aber

52

noch lieber der Lisa, der kinderlosen Frau des Hausbesitzers. Die war hinter dem Kleinen her wie eine Affenmutter, wärmte seine Füße in der Backröhre des Holzofens, wenn er zu frieren schien, kühlte seine Stirn mit einem feuchten Lappen, wenn er erhitzt war. Sie sammelte Beeren für ihn und machte ihm Saft, sie häkelte ein Kissen für seinen kleinen, blondhaarigen Kopf, sie herzte ihn und küsste ihn. Grete, die für ihre knapp 20 Jahre schon viel zu viel erlebt hatte, behielt sich vor, die übergeordneten, medizinischen Entscheidungen zu treffen, denn sie hatte das ja in einer Apotheke gelernt. Dieser Job, der sie heraushob aus den Altersgenossinnen, diese Arbeit, die fast eine Berufung war, hätte fast ihr endgültiges Schicksal bedeutet, einen frühen Tod in Schmerz, Schmach und Schande.

Denn der Herr Doktor hatte sich dem Diktat des zionistischen Bolschewismus nicht beugen wollen, hielt den kriegswichtigen Betrieb Apotheke immer noch offen, als schon Gewehrfeuer zu hören war. Grete stand hinter dem Tresen. Seit Stunden war kein Kunde mehr gekommen, nicht einmal eine alte Frau mit Durchfall oder Kopfschmerzen. Sie nahm die runden Schachteln aus dem Regal, las die lateinischen Aufschriften, nickte sachverständig, entfernte den Staub von den Spandeckeln mit einem weichen Wolllappen, stellte jeden Behälter einzeln zurück. Da knallte die Tür auf, übertönte für einen schrecklich lauten Augenblick das Knattern, Meckern und Puffen der Waffen, das aus Richtung der Haupteinfallstraße und damit auch aus Richtung des Bahnhofs kam. Der Herr Doktor kam im Stechschritt auf sie zugestolzt, wehender Kittel, eine blonde Strähne über der Brille und im Gesicht. Mit einem jovialen, schnarrenden Nanana!, tätschelte er zerstreut ihre Wange, streckten einen Zeigefinger in die Luft und sprach das verhängnisschwangere Wort Bahnhof, dorthin sollte sie rennen, wenn der Iwan an der Straßenecke erschiene, dort sollte sie den Zug nach Königsberg nehmen und keinen anderen, und wenn der voll besetzt wäre mit Feiglingen, dann sollte sie sich daran klammern und auf alle Fälle mitfahren, um jeden Preis, ach ja, und unterwegs sollte sie sich nicht anquatschen lassen, auf keinen Fall, es gingen üble Gerüchte, und besonders der einfache Russe respektierte die Würde einer Frau nicht, sei eben nicht zu Zucht und Ordnung erzogen, nähme sich, was er wollte, ohne Sinn und Verstand. Junge Mädchen wie sie wären eine begehrte Beute, erklärte der Doktor, indem er ihr zärtlich an den Hintern griff, zudrückte, gar nicht wieder loslassen wollte, sodass sie nicht wusste, was sie tun sollte, sich vielleicht sogar gewaltsam befreien, einen offenen Mangel an Subordination an den Tag legen. Der Apotheker keuchte leise beim Sprechen, als er erklärte, der Russe wäre so ungebildet, dass er Kartoffeln im WC wüsche und sich dann wunderte, wenn sie nach dem Spülen verschwunden wären. Und dann die Kalmücken und Tartaren, die hätte noch nie im Leben eine Uhr gesehen. Unter denen gäbe es tatsächlich weibliche Offiziere, die sich Mädchen und Jungen ins Bett schaffen ließen, und bei dieser Vorstellung stöhnte er, drückte, strich und ließ ganz plötzlich von ihr ab, als hätte sie ihn unsittlich angefasst, wandte sich empört zum Gehen, schrie Sieg Heil! und stolzte davon, dass die Absätze seiner Lederstiefel auf den Kachelboden knallten. Grete strich sich nachdenklich über die Wange und dann, wesentlich nachdrücklicher, über ihren gekniffenen Hintern, zog den Rock glatt, den reizlosen Schlüpfer darunter, überlegte, wie der schneidige Herr Doktor wohl in langer Unterhose aussehen mochte, war sich bewusst, dass sie fast noch nie mehr von einem Mann gesehen hatte als den unbedeckten Hals. Einmal hatte sie durch einen Türspalt den großen Horst beobachtet, als der sich auszog, um ins Bett zu gehen. Aber sie konnte sich jetzt nicht richtig erinnern, meinte, pralle, weiße Backen und eine schlaffe, weiße Nudel

erkannt zu haben, die aus dichtem, dunklen Haar herab-
baumelte. Da zersprang die Schaufensterscheibe krachend und
klirrend, sie hörte heiseres Lachen und Laute in einer fremden
Sprache, guttural, abstoßend, als erbräche sich ein alter Mann.
Sie wischte durch den Raum, durch den sich anschließenden
kleinen Salon, durch die Küche und durch die Hintertür, ohne
sich umzublicken und ohne den Kittel abzuwerfen, den sie
über ihrem Leinenrock trug und der lustigen, geblümten Bluse.
Hinter ihr krachte es, scheppterte, heulte. Ihr war, als verfolgte
sie eine Flammenwand, als griffen ständig flammende Zungen
nach ihrem Rock, nach ihren Beinen. Sie blickte durch einen
schmalen Schlitz, den sie ihren Augen gestattete, wie durch
eine schmale Luke, erkannte die Häuser, fern den Teich, die
Bäume, Rauch hinter dem Horizont, wieder eine Hausecke,
noch eine, holperiges Katzenkopfpflaster, Stolpern, Sich
fangen, weiter, das Herz im Halse, laut und jung und kräftig.
Dann fingen zwei Arme sie auf, eine breite Männerbrust in
schmutziger Uniform, sie wollte sich drehen, die Richtung
wechseln, weitere Hände griffen nach ihr, zogen an ihrem
Rock, an ihrem Kittel, hielten sie fest umschlungen, von
hinten, Arm über den jungfräulichen Busen. Sie schrie in
einem fort, bis sich eine schmutzige, schwielige, nach Pulver
stinkende Hand über ihren Mund legte und dann geschah das
Wunder: Die gierigen Hände ließen von ihr ab, das Lachen
verstummte, Schritte schlurften davon, in der Ferne bellte ein
Gewehr, hastig, als wäre es sein letztes Bellen. Vor ihr stand
eine mächtige Gestalt, Fäuste in die Seiten gestemmt, schicke,
olivgrüne Uniform, den Mantel lässig offen, Leder mit Pelz,
bis zum Boden, auf dem blonden Haar eine riesige, runde
Offiziersmütze mit rotem Band, auf den Schultern die golden
funkelnden Sterne eines Generals. Atemlos blickte Grete zu
dem Herkules hinauf, sah das gutmütige, lachende, runde,
hübsche Gesicht eines Mannes in bestem Alter, das sie ein

wenig an Heinrich denken ließ, denn auch dieser Mann war ausgesprochen hübsch. Und er streckte eine Hand nach ihr aus, fragte mit sanfter, fast kleiner, dunkler Stimme nach ihrem Namen, sie antwortete, Grete hieße sie, erst dann wurde ihr bewusst, dass der Fremde akzentfreies Deutsch gesprochen hatte, ein sorgfältiges, gutes Deutsch, wie es im südlichen Niedersachsen üblich war. Sie griff nach seiner Hand, legte ihre kleine Hand hinein, die ganz umschlossen und geborgen war, und er hielt sie einen Augenblick lang fest. Ihr Herz schlug immer noch so stark, dass sie es hinter ihrem Brustbein spüren konnte. Aber der Rhythmus hatte sich ein wenig verändert. Zu der Atemlosigkeit hatten sich Angst und auch Neugier gesellt, Furcht und eine leise, unbenannte Lust, Erwartung und Respekt vor dem schönen, russischen Offizier, der sie jetzt führte, Hand in Hand, Seite an Seite schritten sie auf dem schmalen Bürgersteig, die lange Hauptstraße hinunter, an der Apotheke vorbei, in der sich plündernde Soldaten austobten, um dann die wertvollen Medikamente auf die Straße zu werfen, weiter in Richtung Hauptbahnhof. Hinter der schmalen Holzbrücke über den Bach am Park wartete ein grüner Lastwagen. Der Offizier half ihr hinauf auf die Ladefläche, über der sich eine olivgrüne Plane wölbte. Es war dunkel darunter, und Grete blickte umher, aber sie konnte niemanden sehen. Die sanfte Baritonstimme draußen gebot ihr, auf einer der Bänke Platz zu nehmen und sich an der Holzstange festzuhalten, die den First bildete. Während irgendwo, weit neben dem Lastwagen, in der geschundenen, teilweise brennenden, zerfurchten und zerstörten kleinen ostpreußischen Stadt Gewehrsalven peitschten und Stimmen grölten, Menschen und Tiere schrien und bettelten, Frauenstimmen sich überschlugen, Granaten explodierten, knallte die Tür mit einem lächerlichen Geräusch, der Motor heulte auf, der Wagen ruckelte, die Fahrt begann. Sie fuhren den Rest des

Tages und die ganze Nacht hindurch. Soldaten in Gruppen kamen ihnen entgegen, in langen Linien und gepanzerte, rumpelnde, knatternde Konvois, und Grete blickte nach hinten durch die schlagende Plane und staunte über die vielen jungen Männer in den fremden Uniformen. Der gepflasterte Weg mit sandigen Kuhlen zwischen den Kopfsteinen schien sich nach hinten zu verjüngen, bis er in der Ferne einen Punkt bildete zwischen den weißen Schatten der Birken, und als die Dämmerung den Punkt schluckte, als der Weg grau wurde und dunkelbraun und dann schwarz im Dunkel der Nacht, da krampfte sich ihre Brust zusammen, da würgte es sie und sie war starr vor Angst und Trauer. Heinrich fiel ihr ein, ihr Stiefvater, mit seinen wässerigen, blauen Augen, wenn der trank und tanzte und lachte und seine Frau um die Hüften fasste und empor hob, sodass sie kreischte und lachend nach ihm schlug, und an den großen Horst dachte sie und an den Herrn Doktor, der vielleicht schon tot sein mochte, weil er doch ein Intellektueller war und kriegswichtig und überhaupt ein eindrucksvoller Mann und damit wohl ein Dorn im gierigen, falschen Schlitzauge des bolschewistischen Juden. Und als die Nacht dem fahlen Licht des Morgens zu weichen begann, als der unendliche Weg zwischen den dunklen Bäumen auftauchte wie ein blasses, ockerfarbenes Band, als sich in der Ferne zwischen Nebelschwaden wieder die Straße zu einem Punkt zu verjüngen begann, da ruckte es, der Wagen rumpelte, schaukelte und hielt abrupt, sodass Grete von der Holzbank fiel und unversehens auf dem Holzboden saß, neben einigem Werkzeug und einem schmutzigen Lappen, der nach Petroleum stank. Der Hintern tat ihr weh, und sie hatte sich wohl einen Splitter eingerissen, der jetzt in ihrem kleinen Zeigefinger stak und schmerzte, wenn sie mit der anderen Hand darüber fuhr. Sie blieb einen Augenblick lang sitzen, dachte nach und spürte, dass sie hungrig und durstig war, denn sie war jung und hatte prächtigen Appetit. Die Plane wurde kraftvoll zurückgeschlagen, der Tag stürzte in ihr Verlies, eine Hand reckte sich ihr entgegen, sie griff danach, zog, spürte den angenehm festen, starken Druck, wurde an den Rand der Ladeplattform gezogen, steckte den Kopf hinaus, vornüber gebeugt, Sonne im Gesicht, ihr rötlich-blondes Haar wie Gold in der Morgensonne, das lachende, gute, breite Gesicht des Fremden direkt vor ihrem. Dann stand sie im Sand, strich sich eine Strähne aus der Stirn, lächelte den Mann kokett an mit blinzelnden Augen, spürte, dass sie Eindruck auf ihn machte, dass sie knackig und frisch war, unverbraucht, hübsch, angenehm, begehrenswert und deshalb teuer. Sie gingen einige Hundert Schritte über Gras und Sand bis zu einer roten Mauer aus Backsteinen, durch die metallene Pforte und traten in den Innenhof des Gutshauses, dass die russischen Besetzer beschlagnahmt und zur Kommandantur umgewidmet hatten. Der Offizier stieg die sechs Stufen bis zum Eingang empor. Die steinernen Wände der Treppe waren durchbrochen von bunten Glassteinen, was Grete mit Staunen sah. Sie trottete hinterher, durch die Tür, hinter der ein alter Mann mit schlohweißem Haar kniete, der mit einem Lappen mühsam das Parkett wischte, aus einer kleinen Tube Bohnerwachs auf den Lappen drückte und sich wieder ans Werk machte, die ganze, riesige, unermessliche Fläche der Halle im Blick, die er zu säubern hatte. Der Offizier blieb kurz vor ihm stehen, beugte sich ein wenig in der Hüfte und versetzte dem Alten eine schallende Ohrfeige, sodass dessen Kopf über die Schulter schlug und Blut aus seiner Nase spritzte. Grete griff nach dem Arm des Offiziers, sah ihn fragend an, Tränen in den Augen. Der Soldat räusperte sich, deutete anklagend mit der Hand auf den Mann, die Innenfläche nach oben gekehrt und erläuterte barsch, aber in fließendem Deutsch, das wäre der Gutsbesitzer, der Junker, der Baron, in dessen Keller sie die russischen Kriegsgefangenen gefunden hätten, halb tot vor Schwäche, Durst und Hunger, und die jüngsten Mädchen hätte sich der alte Baron in sein Bett bringen lassen und drei von ihnen geschwängert.

Mitten in der Halle, unter dem mächtigen Erntekranz, stand ein schwarzhaariges Mädchen, hatte die Hände hinter dem Rücken gefaltet und drehte sich verlegen, als sie den Offizier sah. Grete stutzte, blinzelte, schaute erneut, wollte ihren Augen nicht trauen, ihr Atem stockte, es war ihre Schulfreundin Gerlinde, hübsch, rassig, kohledunkle Augen, eine makellose, feste, junge Figur mit ausgeprägten weiblichen Reizen. Sie trug Sandalen und Söckchen, hielt in ihrer Bewegung inne, als sie Grete sah, breitete die Arme aus, schluchzte und lachte zugleich, drückte die Freundin fest an sich, während der Offizier die Hände in die Hüften stützte, den Oberkörper zurückbog und dröhnend lachte. Die Mädchen ließen voneinander ab, hielten sich aber an den Händen, als hätte sie nach langer Suche einen festen Punkt gefunden, etwas, wonach sie packen konnten, um sich festzuklammern in dem irren Strudel der Zeit. Der Russe baute sich ihnen gegenüber auf, blickte hin und her, kratzte sich am Kopf, schob die runde Mütze in den Nacken und deutete theatralisch auf Grete, rief etwas wie Blonde blickte zu Gerlinde und sagte mit Nachdruck, was in seinem harten Deutsch wie Braun klang. Eine Ordonnanz kam zackig angeschritten, salutierte vor dem General. Der nickte und winkte den Mädchen mit der Hand, sie sollten dem Burschen folgen. Dieser machte halb kehrt, knallte mit einer Hacke auf die Kacheln und schritt los, als wollte er das Gutshaus allein erobern. Die Mädchen hielten sich an der Hand und liefen tänzelnd und kichernd hinterher, sich wohl bewusst, dass die Blicke des Offiziers ihnen folgten, ihren schwingenden

Röcken und jungen Hintern, ihren festen und schlanken Waden, weiß, weich und jugendlich. Der Soldat führte sie eine Holztreppe hinauf zu einer schmalen Kammer, in der zwei Betten standen, frisch, duftig, Blumen auf dem Nachtschränkchen, ein großer, weißer Krug mit klarem Wasser in einer tönernen Waschschüssel. Grete ließ sich rücklings auf eines der Betten fallen, schwang die Beine hinauf, verschränkte die Hände hinter dem Kopf und schloss die Augen. Es schwirrte und ratterte in ihrem Kopf. Angst, Heimweh und Schrecken wurden überlagert von einem unbestimmten Gefühl der Lust und des Abenteuers, einer Erwartung, die in der Luft zu liegen schien, in der es nach Frühling duftete. Sie wollte sich schreckliche Dinge vorstellen, aber das gelang ihr nicht, sie war zu jung, zu unerfahren, zu wenig erschrocken, als dass sie sich Entsetzliches ausmalen konnte. Gerlinde saß auf dem anderen Bett, hatte die Hände im Schoß liegen und blickte hin und her mit ihren schönen Rehaugen, halb weinend und halb lachend, leise lächelnd, aber keineswegs mutlos oder apathisch.

Als der Bursche des Generals am Nachmittag an ihre Tür klopfte, hatten sie sich gewaschen, die Münder ausgespült, sich mit Wassertropfen bespritzt, gejuchzt und gekichert, hatten sie nebeneinander die Ellbogen auf das Fenstersims gestützt, das Kinn auf die der Handfläche, und hinausgeschaut auf den Hof, wo unter den barschen Befehlen einiger russischer Soldaten Männer und Frauen Sklavenarbeiten leisten mussten. Es waren wohl Deutsche, nahmen sie an, trauten sich aber nicht den Menschen zuzurufen, denn sie blieben im Augenblick verschont und konnten faulenzen, während ihre Landsleute damit beschäftigt waren, eine riesige, mannstiefe Grube auszuheben, Leichen von einem Treckeranhänger zu zerren und in das Loch zu werfen, sie mit Kalk zu bestäuben, mit einer Schicht Erde zu bedecken, auf die eine zweite Schicht toter Menschen in gestreiften Schlafanzügen gelegt wurde und immer weiter, bis der Rand erreicht war. Grete vermutete, dass das alles tote Verbrecher aus einem Konzentrationslager in der Nähe wären, während Gerlinde zudem vermutete, es könnten Juden dabei sein, Zigeuner und Homosexuelle, Sozialdemokraten und Linksintellektuelle, also das ganze Kroppzeug, das ein Fremdkörper war im Fleisch des Deutschen, das in der Vergangenheit durch Verschlagenheit, Verbrechen und Unmenschlichkeit großes Leid angerichtet hätte, das dafür eingesammelt und abtransportiert worden wäre, damit es aus dem Blickfeld verschwände und aus der Volksgemeinschaft, die ohne diese Parasiten rein, edel, gut und eben deutsch sein konnte. Grete wusste nicht, ob sie beipflichten sollte, denn sie hatte einmal ihre Großmutter reden hören von lebensunwertem Leben, von Untermenschen und entarteter Intelligenz, aber Genaues wusste sie nicht. Es wurde dunkler vor dem Sprossenfenster und stiller. Die Arbeiter waren fort, die Grube hatten sie mit einem Haufen Erde bedeckt, darunter mussten sie kreuz und quer übereinander und untereinander liegen, meinte Grete und Gerlinde ergänzte, dass sie es wohl nicht besser verdient gehabt hätten. Aber Grete antwortete nicht, schämte sich, drehte ihren Kopf in die Kissen, denn ihr Stiefvater Heinrich saß ebenfalls im Konzentrationslager, war zum Verbrecher geworden, zum Verräter an seinem Volk, an seiner Art. Das war eben typisch für Rumba, den Leichtfuß, den Westfalen. Sie hatten ihn in die Armee geholt, damit er den Russki verhaut, dachte Grete, nicht den Leutnant, seinen Vorgesetzten. Groß, blond, blauäugig, hervorragender Schütze, Vater von sechs Töchtern, davon fünf eigene, allerbeste Voraussetzungen für eine Laufbahn in Uniform. Aber schon nach wenigen Wochen war sein alter Schwachsinn aufgebrochen, sein widerlicher Glaube an eine absolute Moral, sein Scheiß-Sozi-Gefühl. Vermutlich, dachte Grete, während ihr schmaler Körper zuckte wie im Krampf, vermutlich waren das alles immer noch die folgen jenes fatalen Steinwurfes über die Zechenmauer, anders konnte sie sich nicht erklären, dass ein kleiner Arbeiter sich in die Sache von Offizieren einmischte, sogar wütend, laut und schließlich handgreiflich wurde, weil er alles besser wusste, weil er ein Klugscheißer war mit der Wahnvorstellung, jeder Mensch könnte sich stets so verhalten, dass sein Tun zum Gesetz des allgemeinen Handelns erhoben werden könnte. Dieser Satz brannte hinter ihrer Stirn. Heinrich, der ihn mindestens einmal in der Woche zitierte, hatte immer behauptet, das wäre gar nicht seine Idee, das stammte von einem preußischen Philosophen. Aber den Namen kannte er nicht oder wollte ihn nicht sagen, was sehr dafür sprach, dass das wohl ein Jude gesagt haben mochte, ein Mendelssohn oder Abraham oder Salomon, oder zumindest ein dieser Intellektuellen, die vor Nichts haltmachten mit ihren Spötteleien, nicht vor Religion und nicht vor Vaterland, noch nicht einmal vor dem Führer, um den die ganze Welt doch den Deutschen beneidete. Grete genierte sich derart, dass sie kaum an das zu denken wagte, was laut Gerichtsurteil und dann auch laut Heinrich vorgefallen war, damals, vor mehr als einem Jahr, tief in Polen, in einer kleinen Stadt. In der Ortsschenke hatten sich die Herren Offiziere amüsiert, hatten auch etwas getrunken und gesungen, geraucht und gelacht, Gurken gegessen und Räucherwurst, hatten wohl auch den Wirt um Weiber angepflaumt, bis der nach seiner Tochter gerufen hätte. Von diesem Augenblick an gingen die Darstellungen erheblich auseinander. Das Gericht glaubte den Offizieren, dass der Leutnant das Mädchen ruhig und vernünftig nach dem Preis ihrer Dienstleistung gefragt hätte, diesen auch in barer Münze entrichtet, um ihr dann voll unter den Rock zu greifen, sie zum Zwecke eines Kusses gegen eine Stubenwand zu drücken, in einer Ecke, die dem Schein der

Petroleumlampe abgewandt war. Heinrich beharrte darauf, dass er durch die niedrige Tür getreten wäre, um Meldung zu machen. Da hätte er gesehen, dass zwei der Offiziere den Wirt an den Armen gepackt hätten, während ein dritter mit gezückter Pistole das Geschehen überwacht hätte. Auf einem der niedrigen, ungehobelten Tische hätte das Mädchen gelegen, Röcke hoch, Beine gespreizt, Arm fest umklammert von einem weiteren Offizier, ihr Kopf fest zwischen seinen Oberschenkeln eingeschlossen, während der Leutnant gerade seinen Hosenstall aufgerissen hätte, sein Ding hervorgefummelt hätte, was übrigens ziemlich klein gewesen wäre, um in das Mädchen einzudringen, das ohne Unterhose gelegen und gezappelt hätte. Danach stimmten die Beschreibungen fast wieder überein. Heinrich hätte Zeter und Mordio gebrüllt, den Leutnant an der Schulter herumgerissen und mit der Faust voll ins Gesicht geschlagen, sodass ein Zahn durch die Wirtsstube geflogen und die Nase mit einem Knacken und Knirschen gebrochen wäre. Alle hätten sich sofort auf Heinrich gestürzt, ihn trotz rasender Gegenwehr festgehalten, hätte die Kettenhunde gerufen, die zufällig in der Nähe waren, und Heinrich umgehend festsetzen lassen, damit er vor Gericht gestellt würde. Grete schauerte und schluchzte, denn sie dachte auch an ihre arme Mutter. Hätte Rumba doch bloß einen Zivilisten im Streit getötet oder gar ein Kind missbraucht, dann wäre er in ein Zuchthaus gekommen und die Mutter hätte Stempelgeld vom Amt erhalten. Aber weil der blöde Heinrich irgendwo in einem Konzentrationslager saß, hätte die Familie keinen Reichspfennig vom Staat zu sehen bekommen, hätte die Mutter betteln müssen und von der Gnade ihrer Eltern leben und die Familie ernähren müssen und von dem bisschen Geld, das Grete in der Apotheke verdiente. Denn die Verbrecher in den Konzentrationslagern waren besondere Verbrecher, schlimmer als Zuchthäusler, und ihre Familien wurden gleich mit bestraft. Immer noch leise schluchzend schlief Grete ein, fiel in einen tiefen, dunklen, schweren Schlaf. Sie träumte einen endlosen Traum, in dem sich die Handlung immer wiederholte. Zunächst griff ihr der Herr Doktor lüstern unter den Rock, und sie fand das gar nicht übel. Dann hatte sie beide Arme um den Hals des russischen Offiziers geschlungen, blickte ihm in die Augen, näherte ihre Lippen den seinen, und dann ging der Traum fast genauso von vorn los, wieder und wieder, bis sich eine Stimme in den Traum stahl, ein Lachen, Gurren, Quietschen, das sie nervös machte, denn es stammte nicht von ihr, kam von außen hinein in ihren Schlaf, störte sie, bis sie sich wütend aufrichtete, sich die Augen rieb und im hellen Mondlicht hinüber blickte zu Gerlinde. Doch die war nicht allein. Über ihr wölbte sich mächtig die Decke, wogte wie ein Ruderboot auf dem heimischen See, neben Gerlindes Gesicht war ein Haarschopf. Plötzlich wusste sie, was das war, tauchte unter die Decke, zog sie über ihren Kopf, wollte nicht sehen, nicht hören, wagte nicht, zu schreien. Lange lag sie reglos, bis jemand auf ihren Kopf klopfte, leicht und sanft. Es war die schwarze Gerlinde, die vor ihr stand, mit geröteten Wangen und zerzausten Locken, mit verlegenem Lächeln und glänzenden Augen, und Grete machte sich mit weiten Gesten theatralisch klar, was geschehen war: Gerlinde war kein Mädchen mehr, sie war jetzt eine junge Frau.

Anfang August stand die Hitze flirrend über der Kommandantur. Der Krieg war vorbei. Deutschland war ebenso vernichtet wie das westliche Russland und ganz Polen. Überall hatte die Welt in Flammen gestanden. Die Rote Armee war über ihre eigene, verbrannte Erde gezogen, und in den Soldaten hatte sich Wut gestaut, ohnmächtiger Zorn beim Anblick der geschändeten Frauen und toten Kinder, der erschlagenen Greise und des sinnlos getöteten Viehs. Sie hatten Vergeltung geschworen und dem Propagandisten Ilja Ehrenburg gelauscht, der sie in ihrem Willen zur Rache bestärkte. Wo sie eine halbwegs annehmbare deutsche Frau trafen, fielen sie über ihr wehrloses Opfer her, wann immer sie Gelegenheit dazu hatten. Kleine Mädchen, alte Weiber wurden Opfer und natürlich bevorzugt Frauen im besten Alter. Grete blieb davon verschont, verfluchte aber dennoch ihr Schicksal, denn sie war schwanger. Zwar hatte der General davon gefaselt, sie mitzunehmen nach Russland, sie zu heiraten, seiner Familie vorzustellen, das Kind in Liebe großzuziehen, aber sie hatte nur hysterisch geweint und den Kopf geschüttelt. Grete konnte sich nicht vorstellen, mit dem Feind zusammenzuleben, in dessen Heimat zu gehen, ins Ausland, sich einzulassen auf den bolschewistischen Pöbel, der gemein war und gewöhnlich, weder lesen noch schreiben konnte und immer zu roher Gewalt fähig war, der Wodka soff ohne Ende und darüber verwundert war, dass eine Uhr an der Wand tickte, der mit Hühnern und Pferden in einem Raum wohnte und an Festtagen kleine Kinder schlachtete und aß. Sie hatte die Worte Himmlers im Ohr, dass das Leben von 10 000 russischen Weibern nur insofern interessierte, als diese in kurzer Zeit ein gutes Stück Straße bauen könnten. Sie dachten an die grausamen Asiaten mit Schlitzaugen und Krummsäbeln, die sich nichts sehnlicher wünschten als den Tod des Ariers und den Untergang des Abendlandes. Ein Propagandafilm aus den Karpaten fiel ihr ein, echt und in der Wirklichkeit der Winterfront gedreht, in dem listige Bolschewiken versuchten, eine deutsche Stellung zu umgehen, um die tapferen Wehrmachtssoldaten hinterrücks zu meucheln und zu schlachten. Das war ihnen aber rasch vergangen, als flinke deutsche Gebirgsjäger in schmucken, weißen Skianzügen sie am Hang erspähten, mit großen Schwüngen hinabsausten zur unterirdischen Befestigung, als das schwere Geschütz ausgerichtet wurde, ballerte und traf und die roten Hunde links und rechts von den Rändern des Passweges hinab fielen wie Fliegen, hässlich verrenkt in ihren schmierig braunen Uniformen, verzerrte, schnurrbärtige Tatarengesichter, und als den letzten Überlebenden der Rückzug durch gezieltes Gewehrfeuer gründlich versalzen wurde, wie es im Kommentar hieß. Es gab Dinge für Grete, an denen sie nicht zweifelte. Sie glaubte nach wie vor fest an den Führer und seine Getreuen, denn sie mochte sich nicht vorstellen, dass es ein anderes Leben geben konnte. Schwächelte der Nationalsozialismus, der ganz auf das deutsche Wohl zugeschnitten war, dann gab es ein Vakuum, in das hinein zwangsläufig der Bolschewik und der Jude stoßen mussten, um sich zu mästen an deutschem Blut, um Freiheit und Wohlstand zu rauben und zu verschachern, den edlen Obermenschen, den die Vorsehung an diesen Platz gestellt hatte, zu versklaven auf alle Zeit. Also konnte es gar nicht sein, dass Deutschland auf dem Felde der Ehre unterlag. Mochten die Russen und die Amerikaner sich vereinen, mochte der deutsche Soldat numerisch im Nachteil sein, so standen doch seine überlegene Tapferkeit, sein Heldenmut, seine List und Härte, seine Schnelligkeit und Zähigkeit für einen gerechten Endsieg. Selbst Gerlinde konnte ihr nicht vermitteln, dass der Krieg vorbei war, das Reich Geschichte. Als die Freundin gar darüber klagte, dass die Wehrmacht russische Politoffiziere nicht gefangen genommen, sondern an Ort und Stelle erschossen hatte, da starrte sie ungläubig mit großen Augen und offenem Mund, denn es war doch jedermann klar, selbst Gerlinde musste es klar sein, dass ein bolschewistischer Agitator gefährlicher war, als ein tollwütiger Hund und weniger wert zudem, dass ein einziger dieser ideologisch geschliffenen falschen Propheten mehr Schaden anrichten konnte als ein ganzes Heer einfacher Soldaten, dass die größte Gefahr für Volk und Vaterland von diesen giftigen Zungen ausging, die Lügen und Torheiten verbreiteten, das Volk einlullten und glauben machten, ihr Heil liege in der Gleichmacherei. Auch die Juden waren ja aus dem Reich ausgesiedelt worden oder zum Teil wohl auch gefangen gesetzt. In der Ufa-Wochenschau hatte sie den Kommandanten des Warschauer Gettos gehört und war zusammengezuckt, als dieser sagte, dass am Ende der Judenfrage wohl ein großer Friedhof stehen würde. Mit stiller Lust und Genugtuung hatte sie diesen Satz gehört und innerlich heftig genickt, denn das war sicher die sauberste Lösung. Menschen, die sich die Hände schmutzig machten, auch an den Juden, gab es stets und ständig und überall. Zudem litt der ostische Jude fast immer unter angeborener Lebensschwäche, was die hohe Kindersterblichkeit in den Lagern erklärte, und der einfache Mann war an die hochwertige, deutsche Nahrung eben nicht gewöhnt, sodass er trotz ausreichender Verpflegung zu krepieren pflegte wie ein räudiger Wolf. Zu Gerlinde sagte sie laut, dass es nur ganz wenige Generäle gewesen wären, die im Krieg Unrecht begangen hätten, denn der deutsche Landser wäre traditionell ehrlich, aufrichtig, gerade heraus, tapfer und hart, aber niemals grausam. Aber als Gerlinde auf ihrer Meinung beharrte, dass zwei oder drei Generäle niemals Tausende von Zügen mit Millionen von Menschen hätten füllen können, dass niemand aus dem Generalstab allein auch nur einen Zug gefüllt hätte, wäre das deutsche Volk dagegen gewesen und nicht leidenschaftlich dafür, da schlang sie ihre Arme um die angezogenen Knie, verbarg ihr Gesicht und begann zu schluchzen und zu greinen, denn sie hasste nichts mehr, als wenn man ihr widersprach, wo sie doch offensichtlich recht hatte.

Als der Abend kam, schlüpfte Grete aus dem Zimmer und blieb vor der Tür stehen, starrte hinunter in die halbdunkle Halle, in der eine Patrouille aus zwei Soldaten mit geschulterten Gewehren hin und her schritt, Machorka rauchend, manchmal laut lachend, unaufmerksam. Möglicherweise schon angetrunken, sprach Grete leise zu sich, wie das bei den russischen Schweinen Brauch zu sein schien. Sie schlüpfte behände die kurze Treppe hinunter, schlich nach links, um eine Ecke und einen Pfeiler, öffnete eine Tür und trat in einen stockfinsteren Raum. Nachdem sie sich vergewissert hatte, dass kein Lichtstrahl nach draußen in die Halle dringen konnte, drehte sie den großen, runden Schalter. Eine Glühbirne flammte gelb, beleuchtete Kisten und Kästen, Kartons und Koffer, alles übereinander, darüber, hoch an der geweißten Decke, Schinken und Würste. Der Raum war auch im Hochsommer kalt. Einst wurden dort die Lebensmittel für die Küche des Gutes aufbewahrt, jetzt hatten die Russen wichtige und verderbliche Dinge in der Kammer gelagert, ihre Medikamente zum Beispiel. Grete kniete umgehend vor einem Holzkasten mit Lederscharnieren, öffnete den Deckel, fand Chinin, Aspirin und sogar eine Schachtel mit Penicillin und dann, ganz rasch, was sie gesucht hatte, steckte die braune, gläserne Röhre ein, hielt sich nicht damit auf, die Kiste zu schließen, drehte den schwarzen Schalter wieder, löschte so das Licht, huschte hinaus, die Treppe hinauf, in ihr Zimmer. Gerlinde schlief. Grete setzte sich auf die Bettkante, goss leise Wasser in einen metallenen Becher, zog die Tabletten hervor und las noch einmal das deutsche Etikett. Es war Atropin. Soviel hatte sie gelernt, dass das Medikament hoch giftig war, dass es Pupillen zusammenzog. Also, folgerte sie, müssten genügend Tabletten die Gebärmutter verkrampfen und den Fötus abtreiben, oder sie starb schlichtweg. Auch das wäre eine zu begrüßende Lösung. Sie wusste nicht mehr so genau, was sie in dieser Welt verloren hatte. Der Führer und Goebbels waren wohl wirklich tot. Sehr wahrscheinlich war es nicht, dass ihre Familie noch lebte. Sie war schwanger vom Feind und für ein ganzes Leben geschändet. Also begann sie, lautlos zu weinen, hielt die Schachtel in den schmalen Strahl Mondlicht, nahm eine Tablette in den Mund, einen Schluck Wasser, die nächste Tablette, bis die Röhre leer war. Übelkeit stieg in ihr hoch, riss an ihrem Magen, Speichel schoss ihr in den Mund. Aber sie beschwor ihren Körper, krampfte, kämpfte, hielt die Hand vor den Mund gepresst, bis sie schließlich auf die Seite fiel, Kopf über Hand, Hüfte verdreht, Füße auf dem Boden, Augen starr und leer.

Als sie erwachte, stand der General über sie gebeugt, der breitschultrige, gut aussehende, stets fröhliche Mann, der zärtliche, liebevolle, verrückte Feind, den sie Peter nannte oder Marschall, je nach Laune. Er blickte ungewohnt ernst auf sie herab. Sie lag reglos und prüfte ihre Glieder, eins nach dem anderen, ob sie wohl gelähmt wäre. Doch das war sie sicher nicht, wenn auch ihr Gesicht eiskalt und schweißüberströmt war, die Muskeln in ihren Armen bebten und zitterten, schmerzten und piecksten. Dann spürte sie es und eine brennende Scham stieg in ihr hoch: Sie hatte sich eingenässt wie ein Säugling. Der Offizier strich ihr eine Haarsträhne aus der Stirn, streichelte ihre Wange und schien leise zu singen oder zu beten. Dann griff er hinüber zum Nachttisch, griff einen Zinnbecher, der dort stand, und hielt den gefalzten Trinkrand an ihre blauen Lippen, die dünn wie ein Strich waren. Sie schluckte vorsichtig. Es war Milch, wo auch immer er sie aufgetrieben haben mochte, süße, kühle Milch mit Honig. Als sie getrunken hatte, vorsichtig und mit einem unangenehmen, heißen Brennen in der Kehle, schaute sie ihm in die Augen und griff nach ihrem Bauch, legte die angstvolle

Frage in ihren Blick, und der Soldat begann zu lachen, immer lauter, das Kind wäre noch da, rief er, gesund, kräftig, eine Junge, das wüsste er, ein guter Russe und Soldat, und sie sollte jetzt endlich mit ihm kommen, denn er wäre versetzt worden, müsste in einem Monat abreisen, hinüber zum Ural, wollte sie mitnehmen, sie immer lieben und ehren, dem Kind ein guter Vater sein wie er ein guter General wäre, denn er hätte dazu beigetragen, die Fritzen zu verkloppen, den Führer zu rasieren und den Teufel Göbbels in die Grube zu jagen. Aber sie drehte den Kopf, wandte ihr kleines Gesicht ab, das mit dem blonden Haarschleier wie ein Madonnengesicht aussah, zart und durchsichtig nach den schrecklichen Krämpfen und der langen Bewusstlosigkeit. Sie hatte die Augen halb geschlossen und spürte Tränen, wollte sie ihm nicht zeigen, diesem schönen Mann, der eigentlich gut war, obwohl sie ihn nie an ihrer Seite dulden konnte, denn er war nicht nur Mann und Vater ihres Kindes, sondern auch Bolschewist, ein Verbrecher an der Menschheit, möglicherweise sogar ein Jude, denn die heimtückischsten Söhne Zions waren nicht beschnitten, wie sie wusste, damit sie unerkannt Christen unterwandern und verführen konnten, Christenmädchen schwängern und Köchinnen vergewaltigen. Sie spürte Trauer in sich und zugleich ein Gefühl, das sich verfestigte, von Minute zu Minute, zu einem Glaubensbekenntnis wurde, zu einer Religion und ehernen Säule: Sie wollte das Kind haben, auch zur Erinnerung an einen der großartigsten Menschen, den sie ausgerechnet mitten zwischen den Feinden gefunden hatte, und auch, um in der Heimat zu belegen, dass sie unter Schmerzen zur Frau geworden war, als ein deutsches Opfer des Krieges, denn sie würde das Blag natürlich als Produkt einer Vergewaltigung hinstellen müssen.

Nachdem der Kommandant abgereist war, begann Grete, das Leben in dem ehemaligen Gutshaus zu genießen. Weiterhin bekam sie täglich eine Kanne Milch, üppig Brot und alle notwendigen Medikamente. Sie begann, kranke Soldaten zu versorgen, Russen, gefangene Deutsche, auch Frauen, aber vor allem Männer. Wenn sie nichts zu tun hatte, stieg sie auf einen der uralten Lastwagen und fuhr in der Gegend herum. Niemand wagte es, sie anzusprechen, zu berühren, oder gar zu belästigen, denn alle hatten Angst vor der Rache des Generals. Mit einem der deutschen Soldaten, einem jungen Burschen, kaum 20 Jahre alt, freundete sie sich an. Grete hatte ihn eines Morgens auf der untersten Stufe der Freitreppe entdeckt, als er sich wand und krümmte, beide Arme um den Leib geschlungen hatte, stöhnte und seufzte, mit sabberndem Mund und hochrotem Gesicht. Sie war zu ihm hinunter gestiegen, hatte ihm auf die Schulter geklopft, bis er sich umdrehte und zu ihr aufschaute. Er hatte über Schmerzen in seinem Bauch gejammert, über glühende Eisen in seinen Därmen, hatte von Höllenqualen berichtet, bis sie sich altklug vor ihm aufgebaut hatte, Hände in die Hüften gestemmt, herrisch, sich ihrer Macht wohl bewusst. Dann hatte sie ihn mit sich gezogen in den Arzneiraum im Keller, hatte ihn auf einen Stapel staubiger Säcke gelegt, ihm Kohletabletten gegeben, an seinem Lager gewartet, hatte ihm Wasser gebracht und einen Eimer, in den er bald blutigen, schwarzen Kot absonderte, bis gar nichts mehr ging. Dann war er erschöpft eingeschlafen und fast gesund wieder erwacht, denn er war jung, kräftig, zäh und voller Selbstvertrauen. Als er da so lag, blass und erschöpft mit nassem Blondhaar, vollen Lippen, braunen Augen, da hielt sie seine Hand etwas länger und etwas fester als nötig. Und als er zu schlummern schien, da presste sie ihre Lippen leicht auf seinen Mund, sodass er erwachte und sie mit aufgerissenen Augen anstarrte, erschrocken und erregt, voller Furcht und

Lust, denn er hatte in seinem Leben zuvor noch keine Frau berührt. Sie streckte sich neben ihm aus, streichelte ihn, öffnete seinen Hosenstall und zog sein Glied heraus, hielt es versonnen in ihrer Hand. Er vermochte sich nicht zu rühren, hoffte auf das Wunder und bekam seinen Wunsch erfüllt, denn Grete war es egal, ob sie noch einen Mann bestieg oder nicht, entscheidend war, dass sie ohnehin schwanger war, dass ihr der Junge gefiel, dass sie in den zurückliegenden Wochen Spaß an der Sache gefunden hatte und dass sich die Gelegenheit ergab. Seit diesem Tag schliefen sie täglich miteinander, immer auf den Säcken im Keller.

Gerlinde war es bei Weitem nicht so gut ergangen. Zwar war sie nicht schwanger geworden. Dafür genoss sie aber bei den Soldaten auch nicht jenen zweifelsfreien und bedingungslosen Respekt, den Grete bereits als selbstverständlich in Anspruch nahm. Eines Abends hatte Gerlinde den Wunsch verspürt, ein wenig durch den verwilderten Park zu schlendern, denn seit der Kommandant fort war, hatte sie keine Pflichten und ging auch keinen Neigungen nach, sondern verharrte, wo sie war wie eine gefangene Maus, Schnäuzchen gespitzt, nach allen Seiten witternd, auf irgendetwas wartend. Der Sandweg zwischen Büschen, Gras und uralten Bäumen hatte kein gerades Stück; er schlängelte sich, ganz wie die dicken Wurzeln der Eichen und Buchen es erforderten. Als sie um ein mächtiges Gebüsch von Wildrosen ging, die herrlich dufteten, als sie einen Moment stehen blieb, um den Duft des Spätsommers einzuatmen, da hörte sie ein harsches Knirschen und Brechen und vor ihr stand ein Rotarmist, leicht schwankend, die Arme ausgestreckt, das Maschinengewehr über der Schulter. Er grinste über das ganze, runde, gutmütige Gesicht, trat einen weiteren Schritt auf sie zu, sie wich zurück, wurde gehalten, gezogen, fiel, und dann waren sie über ihr. Schreien konnte sie nicht, denn einer der Bande saß auf ihrem Gesicht. Sie zählte und ertrug acht Peiniger, bevor die Männer von ihr abließen, ihr einige Tritte versetzten, sie als Hure beschimpften und gemächlich davon gingen, sozusagen nach getaner Arbeit heim in ihre Quartiere. Sie hatte keine Träne geweint, nur manchmal geschluchzt, wenn die körperliche Pein zu stark wurde oder sie an ihre Mutter dachte, an ihr Zuhause oder an ihre verlorene Unschuld. Als sie sich aufsetzte, nach dem Schlüpfer griff, zwischen den Beinen nach Wunden tastete, als sie ihre Scham bedeckte, aufstand, ihren Rock ausklopfte, da war es kein Zorn, der in ihr brannte, denn sie hatte sogar ein wenig Verständnis für junge Männer, die jahrelang ohne Frauen wie Vieh gehalten worden waren, die ihre eigenen Schwestern und Frauen vergewaltigt und oft genug tot in ihren Dörfern gefunden hatten. Sie war nur traurig, unendlich traurig, müde, hilflos, voller Scham, ohne Zukunft, ohne Ziel, fühlte sich an diesen scheußlichen Platz gefesselt und geleimt, ohne die echte Chance, ihr Leben fortzusetzen, zu einer Reife zu gelangen, Früchte in die Welt zu bringen, die wieder Früchte bringen mochten, denn sie war gestrandet an den Klippen des Krieges, nirgendwo, an einem völlig unbestimmten Ort, schlimmer als beerdigt.

Zwei Tage nach diesen Ereignissen saß sie gegen Abend noch immer regungslos auf ihrem Bett, wie sie es Stunde um Stunde getan hatte, während Grete herumschwirrte, sie wusch, ihr Milch zu trinken gab, Brot in die Milch träufelte, sie Brocken um Brocken fütterte. Die Tür sprang auf und Paul kam herein, der junge Mann, mit dem Grete schlief. Er war aufgeregt, stammelte, hatte einen prallen Kartoffelsack unter dem Arm, aus dem er drei Uniformen auf den Fußboden schüttete. Die Mädchen sahen ihn fragend an. Er wedelte mit den Armen, stotterte, schluckte, brachte hervor, dass der Augenblick der

Freiheit gekommen wäre, der Moment der Heimkehr, heim ins Vaterland, ins Reich, das niemals untergegangen wäre, heim zu den Freunden, der Familie, in seinem Fall zu den Eltern und der Schwester. Grete schüttelte den Kopf, ging zu ihm hinüber, griff nach seinem Glied, zwickte und lachte, aber er ließ nicht nach in seiner Begeisterung, ging gar nicht auf sie ein, sodass sie sich bückte, die Uniformen aufhob und musterte, daran roch, sie weiter reichte, hinüber zum Bett, zu Gerlinde. Die deutschen Soldatenuniformen stanken, aber sie waren echt. Und allen deutschen Soldaten war die Heimkehr zugesichert. Auf sie wartete in der Kreisstadt ein Zug, der über Königsberg nach Berlin fahren sollte. Das war nicht nur ihretwegen, wusste Paul, denn er sollte Rüstungsgüter mit zurückbringen, wenn diese im kaputten Deutschland verladen worden waren. Da fiel es Gerlinde ein, siedend heiß, wie ein Bach aus Lava, der über ihrem Kopf ausgegossen würde. Die Mädels waren alles Mögliche, aber keine Soldaten. Sie lachte hysterisch, schrie Paul an, was er sich denn dabei gedacht hätte, sie wären doch Frauen, ob sie sich wohl einen wachsen lassen sollten, mit dem sie dann in Deutschland über wehrlose Mädchen herfallen könnten. Ganz ruhig und gelassen schwieg Paul, antwortete nicht, brüllte nicht, regte sich nicht auf, denn er hatte einen Plan. Aus Mädchen würden eben Jungen, erklärte er, deshalb die Uniformen, deshalb die Charade, und Paul sagte wirklich Charade, denn sein Vater war Chemieprofessor in Göttingen, Nazigegner, aus guter Familie schwer reich, unabhängig, angesehen, weit über die Grenzen, schon vor dem Krieg. So zogen sie die Uniformen unter Kichern, Schubsen und Lästern an, an jenem denkwürdigen Freitag im September, und Grete vergaß ihre Schwangerschaft, freute sich auf das neue Abenteuer, auf die Flucht in Verkleidung, den Weg nach Hause.

Wie drei blutjunge, hübsche, schlanke Soldaten sahen sie aus, als sie die Treppe hinunter schritten, die Halle betraten, sich einreihten in die lange Linie der Deutschen, die einen Schritt vor der Wand Aufstellung genommen hatte, vor der schweren Ledertapete, vor den neugriechischen Säulen und den unzähligen Reliefs die, vor 200 Jahren geschaffen, das Leben auf dem Lande, etliche Reichsstände und das Wirken des Landmannes darstellten, den üppig gefüllten Zuber geschultert, oder mit weitem Schwung die Saat auswerfend, als Rosselenker bäumende Schimmel mit Sehnen wie aus Stahl bändigend. Drei nette, glatt rasierte Jungen standen feixend und albernd am Rande der Halle, Schiffchen auf den quellenden Haaren, zwei Mal blond, einmal dunkel. Dann kamen drei Russen und vorweg eine Offizierin in ihrem knielangen, braunen Rock mit ansehnlichen Beinen, die Mütze keck auf dem Kopf, dunkelrot geschminkte Lippen, Sommersprossen auf dem Stupsnäschen, prüfender, schräger Blick, Stutzen, Verharren, Zögern, einen unendlich langen Wimpernschlag lang, hin zu Grete und zurück zu ihren Soldaten, ein Aufblitzen in den braunen Offiziersaugen, ein deutliches Erkennen, Lippen gespitzt, weiter, vorbei, genehmigt, Karacho. Ungläubig und atemlos starrte Paul hinterher, stieß Gerlinde an, puffte Grete mit dem Ellbogen, sie lachte albern und Gerlinde wollte etwas sagen, fühlte, dass sie eben ein Geschenk ungeahnter Größe erhalten hatten, als deutsche Frauen in russischer Gefangenschaft, von deren Schicksal die russische Frau gewiss wusste, von deren Leid sie erfahren haben musste, von den Demütigungen und Erniedrigungen und Vergewaltigungen, denen sie dieses Schicksal ersparen wollte, weil sie fühlte, wie hilflos und wehrlos und zukunftslos diese jungen Dinger waren, Puppen in den Händen ihrer russischen Kameraden. Die lange Reihe drehte klackend rechtsum, setzte sich in Bewegung, hinaus aus dem mächtigen

Schloss mit seinen eckigen Türmchen, über den Kies der Einfahrt und vorbei an den Gräbern durch das schmiedeeiserne Tor, zwischen den winkenden Birken hindurch, vorbei an blühender Heide, weiter, Schritt um Schritt, bis die Füße schwollen und schmerzten, die Knie knackten und der Atem flach wurde.

Dann der Stadtrand, noch rauchende Häuser, Ruinen, Skelette aus verkohlten Balken, in einem ersten Stock ein Toilettenbecken an einem dicken Rohr, hoch über den Mauerresten, wie eine surrealistische Skulptur. Grete stieß Gerlinde an und Paul, sie blickten über die Straße auf das einstige Bürgerhaus und lachten, bogen sich während sie gingen vor und zurück und grölten, bis ihre Lungen schmerzten. Die grauen Mehrfamilienhäuser, Kopfsteinpflaster mit klaffenden Schlaglöchern, der Bahnhof, farblos und geduckt am Ende einer Sackgasse, ein mächtiger Bogen aus Wappen über dem Haupteingang, darunter ein liegender Halbkreis aus grünem, rotem, blauem, gelbem und weißem Glas. Von der riesigen, gläsernen Eingangstür bis zu den vier Bahnsteigstreppen, die jeweils zwei links und rechts hinauf zu den Gleisen führten, herrschte reger Betrieb. Grete hatte den Eindruck, dass der Feind hier alles an deutscher Wehrmacht zusammengetrieben hatte, dessen er in dieser Gegend im äußersten Nordosten des Reiches habhaft geworden war in jenen schrecklichen und verhängnisvollen letzten Tagen des Krieges. In Gruppen standen die Soldaten herum, abgerissen, schäbig, meist ungewaschen, mit filzigen Haaren und wirren Bärten oder Ziegenbärtchen, denn viele von ihnen waren kaum aus dem Schulalter herausgewachsen. Überall zwischen ihnen schritten russische Soldaten auf und ab, ziellos, kreuz und quer, alle mit geschulterten Maschinenpistolen oder Sturmgewehren. Fast alle von ihnen rauchten und warfen die Kippen lustvoll mit

weitem Schwung durch die Halle, um dann lachend zu be-
obachten, wie sich ein Dutzend und mehr der Deutschen auf
den qualmenden Stummel stürzten, um einmal daran ziehen
zu können. Paul führte die Gruppe unauffällig und langsam
aber stetig durch die Menschen, hinter ihnen herum, an ihnen
vorbei, bis sie vor der Steintreppe standen, über die sie hinauf
mussten, um den Zug nach Westen zu erreichen. Sie warteten
keine Stunde, als irgendwo der Befehl gebrüllt wurde, Paul
nach Grete griff und nach Gerlinde und vor dem heran-
rollenden Knäuel von Uniformen die Stufen erreichte, die
Plattform, die eisenbeschlagene Holztür, sie mit aller Kraft
aufschob, die Mädchen hinauf stieß, sich hinterher schwang
und schon einen Platz erobert hatte, nicht weit von der Tür,
aber fern genug um sicher vor Angriffen zu sein, direkt an der
Wand und unter einem der sechs vergitterten Fenster, durch
die in Friedenszeiten das Vieh mit Luft versorgt worden war
und im Krieg dann polnische und deutschen Juden, damit sich
die Vision des Heinrich Himmler erfüllen sollte, dass am Ende
der Judenfrage nur ein jüdischer Friedhof stehen könnte.
Grete merkte nicht, dass sie im Unrecht war, als sie sich über
den harten Boden beklagte, auf dem sie schlafen sollte, als sie
mäkelte, dass diese Züge eher für Verbrecher gedacht waren,
auf dem Weg in ein KZ, als für sie, eine ehrliche und un-
bescholtene deutsche Frau, die bald Mutter sein würde, als sie
meckerte, dass allenfalls Juden mit Tieren gleichzusetzen
wären, nicht aber Arier und schon gar nicht Preußen. Wütend
schmollte und schwieg sie schließlich auf den kurzen, bei-
läufigen Satz von Gerlinde hin, dass es doch Deutsche gewesen wären, die den Waggon vom Viehtransport zur
Menschenbeförderung umgewidmet und entfremdet hätten,
denn was verstand das dumme Ding schon von Politik und
Notwendigkeiten des Krieges und der sozialen Hygiene eines
Herrenvolkes.

Tag und Nacht und wieder Tag und nur das Rattern des Zuges. Unterbrochen wurde Grete in ihrer Halbwachheit, in ihrem Träumen und Schlummern und Dösen und Wünschen und Vergessen, in Lieben, Sehnen, Heimweh, stiller Lust und heimlicher Freude nur durch das Essenfassen an jedem Morgen und jedem Mittag. Dazu waren einige Männer eingeteilt, an ihrer Spitze ein Feldwebel der ehemaligen Wehrmacht, den die jungen Soldaten Herr Oberfeld nannten. Sie hüteten ein riesiges Fass, von rostigen Reifen zusammengehalten, in dem eine kalte Suppe aufbewahrt wurde. Die nannte sich Soljanka und war wirklich beliebt, denn darin war Rindfleisch, wenn auch stark zerkocht, zudem schmeckte man Rüben, Rote Beete, Gurken, Kartoffelstückchen, Kraut und vieles mehr, was es in den letzten Kriegstagen im Reich fast nicht mehr zu kaufen gegeben hatte. Paul nahm die Suppe entgegen, ließ sich sein Zinngeschirr füllen, aber bitte bis zum Rand, denn das war für drei junge, hungrige Männer, wie er jedes Mal betonte. Dann reichte er den Blechnapf weiter, gab ihn Grete, die ganz selbstverständlich als Erste aß. Langsam, genussvoll kauend und schluckend, denn sie war ja schwanger, was sie in jedem Gespräch gleich krank setzte und somit gleich bedürftig, zu Recht auf Rücksichtnahme, Liebe, Zuwendung, Fürsorge und Mitleid hoffend. Also übersah sie die hungrigen Blicke von Paul und Gerlinde, nahm sich alle Zeit, rückte sich in den Mittelpunkt, zelebrierte das Mahl einer Schwangeren, bis Gerlinde den Tränen nahe war. Dann löffelte Gerlinde hastig, emsig und ängstlich wie ein dunkles, geducktes, armes, geschundenes Häschen, bis schließlich der geduldige Paul nach dem Blechlöffel griff, sich breit zurecht setzte, schlürfte, schmatzte, die Suppe bis auf die Neige leerte, um diese dann zu trinken, zu rülpsen, die Hand hinter den Kopf zu legen und sich zu strecken, sodass Grete, vornehm tuend, ihn tadelte und aufgesetzt lächelnd einen Rüpel nannte. Noch eine Nacht und dann ein Morgen, der anbrach, in den sich das vielschichtige Rot der Dämmerung langsam schob, um von einem dunklen Himmel Besitz zu nehmen, sich dann aufzulösen hinter dem Blau des Tages. Paul hatte sich vom Oberfeld Wasser geben lassen, war deswegen auf die andere Seite des Waggons geklettert, hatte auf dem Rückweg noch am Latrineneimer Halt gemacht, der fast voll war und erbärmlich stank. Mit einer Decke hatten die Soldaten eine Art Privatraum angedeutet. Aber diejenigen, die ganz in der Nähe saßen, waren zu bedauern. Grete und Gerlinde hatten es geschafft, jeweils nur einmal auf dem Eimer Platz zu nehmen. Als Paul zurückkam, blickte er durch die vergitterte Luke in Kopfhöhe, durch die Tag und Nacht zu sehen waren. Er fuchtelte aufgeregt mit dem Blechnapf herum und begann, wie ein Sportreporter zu reden, sprach von einer dunklen, langen Fabrik, einem See, an dem Boote lagen, von Straßenbahnschienen und einer Autobahn, die angeblich parallel zu den Schienen verlief, nur von Menschen sprach er nicht und die ihn hörten, glaubten ihm ohnehin nicht. Doch sie näherten sich den Resten der Stadt, die nach der braunen Herrschaft von der Hauptstadt der Nazis übrig waren, den rauchenden Trümmern und zerschossenen Straßenbahnen, den furchtgeduckten Menschen, Frauen, Greisen und Kindern, den lauten und gewalttätigen Soldaten der Roten Armee, diesen angeblichen Untermenschen, die am Ende doch gewonnen hatten in dieser wahnsinnigen, überdimensionalen Sportveranstaltung, in der ein selbst ernannter Führer gegen den Rest der Welt angetreten war, um sie am deutschen Wesen genesen zu lassen, in der er mit seinen willigen Helfern und mit der Hilfe des ganzen Volkes von seinem Endsieg geschwafelt hatte, ohne Widerspruch zu dulden, in der er die Überlegenheit einer Rasse gepriesen hatte, der er selbst und sein Sprachrohr, der Propagandaminister, rein optisch nicht angehörten, folgte die Wissenschaft seiner Definition. Wie die deutsche Fußballnationalmannschaft einfach nicht gegen Luxemburg oder Andorra verlieren konnte, so konnte seine Wehrmacht nicht gegen den dummen Russen, den Whiskytrinker Churchill oder den Sittenlouis aus Frankreich verlieren, hatte es Stunde um Stunde geheißen und Jahr um Jahr. So kam es, dass der Deutsche es nicht begriff, dass sein Volk verloren hatte, welches doch als zehn zu eins Favorit gestartet war. Mit dem Kriegsende hatte sich an den Grundlagen des Denkens nichts geändert. Deutsche Fliegerangriffe waren notwendig und sinnvoll, die der Alliierten heimtückisch und grausam. Der Jude hatte es sich durch seine Verbrechen selbst zuzuschreiben, dass er aus Deutschland vertrieben worden war. Das Reich würde auferstehen, vielleicht lebte der Führer noch.

Der Zug schwankte um eine lange Kurve, ruckelte und wankte, wurde abgebremst, schrill kreischte Metall auf Metall, die Oberkörper im Halbdunkel des Waggons schwangen langsam im Gleichtakt, Halt, Warten, dann wurde die Tür aufgerissen und das rotbäckige Gesicht eines jungen russischen Soldaten war das Erste, was Grete sah. Er lachte sie an, bleckte seine braunen und gelben Zähne zwischen seinen vollen, dunkelroten Lippen, schob sich die Mütze ins Genick, griff nach ihrem Arm, fasste fest zu, denn er glaubte, einen deutschen Soldaten zu berühren. Sie schrie fast lautlos auf, zwang sich, den Schmerz zu unterdrücken, denn sie war sehr empfindlich und wehleidig, konnte noch nicht einmal leichte Kopfschmerzen einfach so wegstecken, griff sofort zu allerlei Mittelchen und in der Apotheke dann auch zu Mitteln. So verordnete sie sich einst Opium gegen Blähungen und Krämpfe, Strychnin gegen niedrigen Blutdruck, denn sie glaubte, dass auch ein kleines Ziel am besten mit einem flächendeckenden Bombardement zu vernichten wäre. Da stand sie auf dem schmutzigen Bahnsteig, hinter den Mauern des Bahnhofs sah sie die Reste von Häuserzeilen. Paul warf ihr lachend eine graue, borstige, kratzige, dicke Decke zu, die sie sorgfältig einrollte und sich unter den Arm klemmte, während Gerlinde in wenigen Augenblicken in einem Strom von Landsern zum Ausgang gespült und gerissen wurde, nicht mehr zu sehen war, und Grete sich darüber erleichtert fühlte, denn die Dummheit ihrer Schulfreundin war ihr immer stärker gegen den Strich gegangen. Paul hakte sie unter, konnte nicht aufhören zu lachen und zu feixen, zog sie fort, sie trippelte, lief dann, die Russen ließen sie unangetastet an dem soldatischen Spalier entlang hüpfen und traben und humpeln, bis sie den zerschossenen Ausgang erreichten, die Straße, auf der eine von Granaten zerstörte Bahn windschief stand, den Herbsttag in Freiheit, die Bläue des Himmels und das Licht der Sonne, in das die beiden jungen Menschen taumelten, gewiss, dass sich ihre Leben erneut zum Besseren zu wenden hätten, weil das ihre Jugend, Furchtlosigkeit und Unbekümmertheit befahlen.

Sie kamen zum Brandenburger Tor und dann zum zerstörten Reichstag. Grete ging langsam und andächtig auf das rußige, qualmende, schwarze und graue Gebäude zu, in dem sich die rechten Deutschen um ihren Führer geschart hatten, als die Sozis in ihre natürlichen Schranken verwiesen worden waren. Immer noch imponierte ihr der Bau, der so viel größer war als alles, was sie in ihrer ostpreußischen Heimat jemals zu sehen bekommen hatte. Dann sah sie, gegen den Himmel, einen roten Fleck, wollte nicht glauben, was sie sah, musste sich ihrem Sinn fügen, annehmen, was nicht sein durfte und doch war: Die verhasste Fahne des Bolschewismus wehte über dem Heiligtum ihres Volkes, und als sie das sah, sprangen ihr auch die braunen Gestalten ins Bewusstsein mit ihren ulkigen, runden, roten Mützen, die Rotarmisten, die sich vor dem Eingang tummelten, grölend hinein marschierten, Arm in Arm flanierend herauskamen, auf dem Bürgersteig sangen und tanzten. Eine fuhr mit einem Fahrrad immer im Kreis. Grete dachte voller Ekel und Mitleid, dass er wahrscheinlich in der Steppe Russlands noch nie ein solches Gefährt gesehen hatte. Sie schritten munter im Rinnstein aus, hintereinander, Paul mit dem Pappkoffer in der Hand, Grete mit der Decke über der Schulter, das vor einigen Tagen kurz gekappte, blonde Haar sorgfältig unter dem Schiffchen verborgen, das sie auf dem Kopf trug. Sie kamen an Fabriken vorbei, in denen es betriebsam und laut zuging. Lastwagen wurden beladen, fuhren ab, kamen über die löchrigen Pisten der Straßen hinzu: Ganze Walzwerke wurden zerlegt und abtransportiert. Schließlich, am Ende des Tages, erreichten sie eine Siedlung von Kleingärtnern. Auf einer unübersichtlichen, grün bewachsenen, riesigen Fläche standen Holzhütten jeweils mitten in einer Parzelle. Kohl wucherte und Salat, lange, grüne Zweige hingen voll mit dunklen, blauen, violetten Pflaumen. Die Sonne hatte ihren Tagesweg fast vollendet und neigte sich schwer und dunkelrot dem Horizont, der Wind war fast eingeschlafen, nur ganz seltene Schübe machten Grete schauern. Paul ging zur nächsten Hütte, zur übernächsten, blickte durch die Fenster, versuchte, die Türen zu öffnen, klopfte, ging weiter, bis er schließlich fand, was er suchte. Eine knarrende, hölzerne Haustür ließ sich nach innen schieben, öffnete den Weg zu einem kleinen, engen, dunklen Raum mit niedlichen Möbeln, wie in einer Puppenstube. Gut roch es darin, nach Speck und Brot und Backpflaumen und nach eingelagerten Kartoffeln. Grete zögerte und zuckte zweifelnd die Achseln, verzog ihren vollen Mund zu einer Schnute. Paul sagte nichts, ging an den Schränken entlang, die an jeder Wand standen. Er öffnete eine

Tür nach der anderen, reckte den Kopf, schaute hinein, schnupperte, schloss manchmal die Augen, seufzte, griff schließlich zu und zog eine Wurst heraus, rot mit weißen Sprenkeln, angeschnitten. Ohne den Blick von der Beute zu lassen, zog er in einem Zug das Messer aus seinem Stiefel-schaft, kappte ein fingerbreites Stück, hielt es Grete hin, Messer über Wurst. Die nahm, roch daran, atmete tief, biss ab und kaute andächtig, reglos und aufrecht vor der ge-schlossenen Hüttentür, sich ganz dem Augenblick hingebend. Nachdem sie gegessen hatten, breitete Paul seine Decke aus. Grete legte sich darauf, rollte sich ein, bettete ihren Kopf auf dem Unterarm und schlief ein, während er sich vorsichtig neben ihr ausstreckte, probeweise die Hand auf ihre Hüfte legte, aber sie rührte sich nicht, schlief tief und fest und schnarchte ganz leise, sodass Paul andächtig lauschte und lächelte, bis auch ihm die Augen zufielen.

Sie ließen die große Stadt hinter sich und zogen nach Süden in die Mark Brandenburg. Grete trug immer noch die Wehr-machtsuniform, die inzwischen zerschlissen war, Löcher an den Ellenbogen und den Knien hatte und dünne, durch-sichtige Stellen überall. Paul war bestens gelaunt, pfiff, schritt aus, wollte gar nicht an ein Ziel, schlug die Richtungen vor, begründete mal den Weg auf die eine, dann auf die andere Weise und verkündete endlich und nach langen Überlegungen, dass sie nach Westen sollten, vor dem Russen fliehen, in das Gebiet der Tommys und Amis, denn die wären menschlicher, netter. Obwohl Grete immer runder wurde, schliefen sie jeden Tag miteinander, hatte eine fast unschuldige Freude an-einander, hatten einen Ausweg gefunden aus diesem wider-lichen Krieg, der ihre Jugend gefressen hatte. Paul wusste nicht, was er anfangen sollte, hatte sich ein wenig in Grete verliebt, besorgte an jedem Tag ausreichend Nahrung und wäre am liebsten Sammler, Jäger und Geliebter für immer geblieben. Grete hatte unterwegs in einer Station des Roten Kreuzes erfahren, dass ihre Mutter und die anderen Mädchen sich in einem abenteuerlichen Marsch nach Minden in Westfalen geflüchtet hatten und dass Heinrich, ihr Stiefvater, wohl immer noch in Sibirien wäre, in der gefürchteten russischen Gefangenschaft. Aber sie konnte sich nicht aufraffen, um auf direktem Weg in den Schoß ihrer Familie zurückzukehren. Da war dieses Balg, das man ihr nicht verzeihen würde, da war aber auch Paul, der zärtlich zu ihr war, und der so schöne Augen hatte, so weiches Haar, der für sie sorgte und jederzeit für sie gestorben wäre, müsste es denn sein.

Als eines Morgens der erste Herbststurm dunkle und tiefe Wolken über die Stoppelfelder trieb, als dann der Regen fast waagerecht gegen die Bäume und Mauern peitschte, da saßen Paul und Grete eng aneinander gekuschelt in einer halb überdachten Fischerhütte, lehnten mit den Rücken an der Holzwand, hatten Pauls Decke über modernde Netze und ihre Knie gebreitet, blickten durch das leere Fenster auf die stetig fließende Elbe, die ihre Farbe unter dem wabernden und wogenden Himmel von gelblich Grün in Dunkelgrau gewandelt hatte. Grete fror. Sie hatten zum ersten Mal während ihrer gemeinsamen Wanderung nichts mehr zu essen. Während Paul das mit Gleichmut nahm, begann die junge Frau zu spotten, zu jammern und zu zicken. Sie warf Paul vor, dass er noch nicht einmal für sie sorgen könnte, geschweige denn für ein Kind, dass er schlapp wäre und völlig ohne Unternehmungsgeist, dass er gar nicht wüsste, was er eigentlich vom Leben wollte, betonte laut, dass sie genügend gestraft wäre, dass sie nicht mehr wollte, Schluss müsste sein, ein Ziel müsste man erreichen, um mit der Architektur eines Lebens zu beginnen, noch wäre man jung genug, aber nicht mehr

84

lange. Paul entgegnete sanft, dass ein neuer Tag neues Glück bedeutete, dass die Menschen in der Umgebung doch fremd wären und kalt, dass sie bald weiter gehen sollten, dass sie noch keinem Russen begegnet wären, von denen es doch um die Elbe herum nur so wimmelte. Grete schwieg eine Weile. Dann legte sie eine Hand flach auf den Leib, über den sich jetzt eine alte, billige, violette, geblümte Bluse spannte, die mit einem Band unter dem Leib festgezogen werden konnte. So leise wie Paul gesprochen hatte fügte sie hinzu, dass sie gar nicht mehr wüsste, wann er sie das letzte Mal richtig befriedigt hätte, nicht einmal, wann sie das letzte Mal Spaß daran gehabt hätte. Da löste er langsam und vorsichtig ihre Hand von seinem Arm, schob ihren Kopf sachte von seiner Schulter. Sie ließ es geschehen. Er stand auf, ohne Hast, in einer langsamen Bewegung, griff nach seiner Jacke, tat einige Schritte, bückte sich unter dem dunkelbraunen Türbalken hindurch, trat hinaus in den Regen, war fort, ohne dass Grete merkte, was geschah. Sie sah ihn nicht wieder.

## Aus der Anstalt

Wolfram griff nach Carls Schulter, zögerte, hielt inne, hatte vergessen, was er sagen wollte, so sehr bedrängten ihn die Gedanken an seine Mutter, allein, verloren, in einem fremden Land, ohne Freunde, kaum erwachsen, hoch schwanger, verletzlich wie ein trächtiges Kätzchen, das vorsichtig durch hohes Gras schleicht, ständig aufmerksam, nach allen Seiten sichernd, stets auf dem Sprung, sich selbst zu retten und den ungeborenen Wurf, das nach bösen Hunden Ausschau hält, nach böswilligen Menschen, nach größeren Katzen, das schleicht und flieht und Angst hat und selbstbewusst zugleich ist, stets auf dem Weg zur Nahrung, um zu überleben, um zu säugen, zu putzen, zu liebkosen, zu tollen und schließlich verlassen zu werden. Und dann die Nacht, die schreckliche nächtliche Einsamkeit, die Schatten, der Halbschlaf, die fortschwingende Angst, die Furcht vor der Kälte des grauenden Morgens, vor dem Hunger des nächsten Tages. Mit starrem Blick ließ Wolfram los, drehte den Kopf zur schwer eichenen Eingangstür, die sich knarrend geöffnet hatte. Der hagere Professor stand wie ein kräftiger, senkrechter Strich im Rahmen, hinter ihm seine Assistentin, eine spitzgesichtige, bebrillte Adelige in mittlerem Alter, hübsch in ihrer rötlichen Schlichtheit und Schlankheit. Wie ein Wiesel huschte die kleine Psychologin zu einem Stuhl in der ersten Reihe, setzte sich in einer fließenden Bewegung, schlug ein Bein verschränkt über das andere, schüttelte den Kopf, als wollte sie ihr Haar ordnen, spitzte die Lippen, zog die weiße Stirn kraus und schwieg. Gemessenen Schrittes strebte der Herr Professor an ihr vorbei, ohne sie eines Blickes zu würdigen. Er trug einen wadenlangen, weißen Kittel, eine Nickelbrille mit kreisrunden Gläsern, hatte das kurze, graue Haar streng gescheitelt und an den schmalen Gelehrtenkopf gekämmt, den ein asketisches Gelehrtengesicht schmückte. Ein sicherer Schritt die Stufe zum Podium hinauf, eine genau bemessene halbe Drehung, kurzes Schweigen, die linke Hand wie zum Segen erhoben, in der rechten ein Schreibstift, tiefes Atmen und dann öffneten sich die blutleeren, schmalen Lippen zu einem ungebremsten Redefluss. Besonders die Frauen versanken in seiner einfühlsamen und warmen Psychologenrhetorik. Alle

gingen sie mit, lächelten und lachten, als er von der Großmutter erzählte, der er ein Glas Bier vor dem Schlafengehen
empfohlen hätte und die jetzt täglich nach einem Kasten riefe.
Er selbst tränke am Abend ein frisch gezapftes Pilsener Ur-
quell, teuer, aber exzellent, und nur eines rief er, hatte den Stift
mahnend erhoben, hielt einen wirkungsvollen Augenblick lang
inne und blickte Carl an. Der versuchte, sich vorzustellen, dass
dieser schöne, edle, aufopferungsvolle Gelehrte ebenso
Nahrung aufnahm wie er selber, dass der Herr Professor ein
Bier zapfte, ein Glas an die Lippen setzte und schluckte, dass
er womöglich gar später vor einer Toilette stand, um sich zu
entleeren. Von dieser Seite hatte er noch nie gewagt, sich den
Professor vorzustellen, als Mensch unter Menschen, denn er
war doch unendlich viel mehr, hatte die Macht, in die Seelen
zu blicken, Falten im Unterbewusstsein zu glätten, Menschen
leben und lieben oder leiden und sterben zu lassen. Vor den
hohen Fenstern des Saales wogte die Dämmerung leise und
sanft, und der Redner senkte die Stimme, sprach von den
finsteren Tagen des Herbstes, von den dunklen Monaten, in
denen mehr Menschen stürben als sonst im Jahr, in denen es
mehr Selbstmörder gäbe und mehr Morde, und plötzlich
raschelte es, rauschte und krachte, als die blonde, üppige,
junge Frau von ihrem Stuhl sank und zu Boden fiel. Carl
sprang hinzu, Wolfram und andere Männer griffen nach
seidenbedeckten Armen und Schultern, zogen die Frau hoch,
der Professor stand vor ihr, tätschelte ihre Wangen, war bleich
und gefasst und fühlte sich völlig ohne Schuld, obwohl er
wusste, dass die Tochter der Blonden im vergangenen Herbst
am Ende eines Seils gestorben war, das dieses Kind selbst über
den unteren Ast eines Birnenbaumes geworfen hatte, weil sie
dem Mann der Blonden entgehen wollte, ihrem eigenen Vater,
der krank war vor Leidenschaft nach dem kleinen, brustlosen,

haarlosen Körper, der dann im Herbstwind schaukelte, beschienen vom kalten Licht des Mondes.

Die spitze Adlige führte die Blonde hinaus, der Professor räusperte sich, hub an und Wolfram klemmte die Ohrgänge zusammen, zumindest hatte er das Gefühl. Das tat er immer, wenn er Worte und Sätze nicht hören wollte, wenn der Lärm der Welt in seinen Kopf drängte, hinter die Augen, wenn er wie durch einen Schleier sah, benommen war, wenn sein Blick den vielen Umrissen nicht mehr folgen konnte und er aufgab zu sehen, sich in die Nähe einer Ohnmacht flüchten musste, damit er nicht starb. So starrte er auf eine Brustwarze der Italienerin, fest, unbeirrbar, hörte nicht zu, wollte nicht, flüchtete, bis er im Micky-Maus-Bahnhofskino in Gelsenkirchen angekommen war, wo er in der ersten Reihe saß und mit großen Augen auf die Leinwand starrte, auf die zwitschernden und quiekenden bunten Figuren, die rasten und huschten. Dort saß er oft, wenn er eigentlich ganz woanders sein sollte, nämlich im Klassenraum des Internates. Er schwänzte, wann immer er wollte, denn Strafe hatte er nicht zu befürchten. Seine Eltern hatten ihn entsorgt, vorübergehend ausgelagert, damit er die heimischen Geschäfte nicht störte. Also waren sie weit weg, auch mit ihren Schlägen und Drohungen, mit ihrem Liebesentzug, mit ihren Ankündigungen, ihn zu verlassen, wenn er nicht lieb und brav wäre und Mutti Grete mit der ebenso steten wie schlichten Eröffnung, dass sie krank würde und sterben müsste, verhielte er sich nicht wohl. Bernd strafte nicht so hinterhältig und gemein und Wunden in die Kinderseele schlagend wie seine Frau. Aus dem Stiefvater war durch Adoption der Vater eines Russenbastards geworden, und der prügelte, schlug und schrie aus Angst, Unfähigkeit und Hilflosigkeit. Für Wolfram war es nicht nur der Schmerz, von dem er immer glaubte, er würde nicht vergehen, müsste für ewig ertragen werden, es war vor allem der Sturz in einen Abgrund, in dem er nicht mehr anerkannt würde, in dem ihn Bernd nicht lieben könnte, und seine Mutter wusste er einig mit dem kleinen Mann mit der langen Nase und den harten, schweren, schwieligen Händen, deren Daumen Bernd zurückbiegen konnte, als führten sie ein eigenes Leben. Diese Eltern hatten ihn fortgeschickt, als der Laden nicht mehr gelaufen war, als die Flüchtlinge das Heidedorf und die umliegenden Dörfer verlassen hatten. Das kleine Imperium des reichen Kaufmanns Bernd mit einer Vielzahl von kleinen Läden, in denen es allen Bedarf des Alltages gab, dieses kleine Reich zwischen Elbe und Zonengrenze war ins Wanken und Trudeln geraten, sodass sich der Kaufmann in eine Lähmung flüchtete, von der Hüfte abwärts, denn er war zu feige, im Amtsgericht den notwendigen Eid abzuleisten. Während seine Schwester bleiben durfte, musste Wolfram zu den Großeltern ziehen, zu Heinrich und Emilie, die sich in der Olgastraße in Gelsenkirchen ein kleines Heim geschaffen hatten mit kleinen Bedürfnissen und Ansprüchen und mit viel Liebe, Zuneigung und Zärtlichkeit. Anfangs begriff Wolfram gar nicht, warum ihn die Oma umarmte, gab es doch keinen offensichtlichen Grund, denn seine Eltern hatten ihn niemals umarmt oder gar geküsst. Selbst wenn Heinrich mit ihm schimpfte, spürte er, dass die Brücke der Zuwendung und Zuneigung nicht abgerissen war, dass sie auch im momentanen, vorübergehenden Zorn weiter Bestand hatte, weil sie grundfest und unerschütterlich war.

Sonntags pflegte Heinrich den Wolfram zu wecken. Das geschah stets um eine Zeit, zu der noch alle vernünftigen Menschen schliefen. Der Großvater war dann bereits angezogen, trug einen grauen Anzug mit einem Salz-und-Pfeffer-Muster, Beulen an Ellbogen und Knien, sonst aber gut erhalten und gepflegt, darunter ein kariertes Sonntagshemd mit feinen roten und grünen Streifen, den obersten Knopf eng am Hals geschlossen. Er roch an jedem dieser Sonntage nach Rasierwasser mit Apfelduft und nach den Zigarillos, die er leidenschaftlich rauchte, aber immer nur zu einem Drittel auf einmal, denn sein Monatskontingent war so schmal wie sein Lohn in der Eisenfabrik. Wolfram war oft sauer, denn er liebte es, auf der Wohnzimmercouch zu träumen, sich an die wulstige Rückenlehne zu schmiegen und zu denken, das wäre eine Frau in seinen Armen. Er mochte den Geruch in der Wohnung seiner Großeltern, den Duft nach Kohleofen, alten Menschen und nach den Zechen, der überall war in dieser grauen Stadt. Aber er wollte sich nicht sträuben, denn er wusste, dass Heinrich ein lieber und freundlicher Mensch war, der ihm nichts Böses wollte, der für seine Familie lebte, der fürsorglich war und trotz seiner riesigen Gestalt leise und verletzlich, der durch Krieg, Konzentrationslager und Gefangenschaft zerbrochen war, der sich nichts mehr wünschte als Harmonie, satt Essen und Trinken, und der über alle Maßen die morgendliche Stille im Bulmker Park schätzte. So stand er auf, ging zur Schüssel mit Wasser in der kleinen Kammer vor der Toilette, rieb sich den Schlaf aus dem Gesicht, kehrte zurück, während Heinrich mit breiten Beinen auf einem der verschlissenen Stühle saß, paffte und mit weit ausholenden Gesten von der Vergangenheit sprach oder von seiner harten Arbeit in der Fabrik. Manchmal schlurfte er hinüber in die Küche, goss aus der blechernen Milchkanne einen großen Becher halb voll, füllte ihn mit Wasser auf und leerte ihn mit einem Zug. Wolfram sah das mit Schaudern, denn er kannte keinen Mangel und somit keine Gier. Manchmal, um der Großmutter sein Wohlwollen zu zeigen, aß er scheinbar hastig und hungrig ein Dutzend Stücke Brot mit Vierfruchtmarmelade oder mit Leberwurst, aber das war nur zum Schein, nur um zu sagen, schau, Oma, du lässt es mir gut gehen und ich bin dankbar und erkenne deine Mühen an. Bei Heinrich lagen die Dinge anders. Gab ihm ein Spaßvogel eine Flasche Bier nach der anderen, so trank er bis zum Umfallen. Hatten seine Arbeitskollegen Langeweile, holte einer von ihnen eine Trage Bier. Alle tranken eine Flasche und dann war Heinrich dran und musste den Rest trinken. Es war stets ein Höhepunkt im grauen Alttag der Metallwerker, wenn Heinrich besoffen auf sein Fahrrad stieg und sinnlos zu kreisen begann. Und niemals vorher oder nachher hatte der erste Mann an der Metallschere so sehr gelacht wie an jenem Tag, als Heinrich mit seinem Rad die Böschung zum Kanal hinab gerutscht war und um ein Haar ertrank. Als Emilie und Heinrich am nächsten Tag alle möglichen Wege zwischen Wohnung und Arbeitsplatz abgesucht hatten, bis sie schließlich das alte, rostige Damenrad fanden, das Heinrich zärtlich Veloziped nannte.

Schließlich brachen sie auf, der glatt rasierte, große, blonde und graue Mann mit dem Hans-Albers-Haarschnitt und den großen, schwieligen Händen und der kleine Wolfram, immer der Kleinste in seiner Klasse, mit seinem strähnigen Haar und dem schrillen Hawaihemd über den Shorts. Sie stiegen die Steintreppen aus dem zweiten Stock hinunter, ganz leise, nur Wolframs Jesuslatschen quietschten. Vorbei ging es am weißen Türschild der Hebamme im ersten Stock, hinunter über die grau-weiß gemusterten Steinstufen, an den kleinen Wohnungen entlang, aus denen es nach Kohl und nach Kaffee roch und nach Mehlschwitze. Dann die Haustür, die graue Straße zwischen den grauen Häusern und in den herben, grauen, braunen Geruch nach Koks und Kohle und nach verbranntem Eisen zwängte sich kaum spürbar der hellgrüne Duft des Morgens, nach Birken und Gräsern und flachem

Moor im Teich des Parks. Der Großvater blieb stehen, legte eine Hand wie einen Schirm über die graublauen Augen, blickte fast in Richtung Sonne zum Himmel empor, wo ein schwarzer Vogel in das Blau des Tages segelte, räusperte sich, atmete tief und schritt voran, die gerade, kurze, schmale Straße hinunter, Wolfram hinterher, bis hin zur Kreuzung, darüber, an der Kirche vorbei und der hohen Parkmauer und auf den knirschenden Kiesweg, der in einem weiten Bogen um den flachen See herum bis zu den Kleingärten auf der anderen Seite führte.

Sie kamen zu der braunen Brücke aus Holzbohlen, die in einem hohen Bogen über den schmalen Seezufluss führte. Wolfram musste immer an ein chinesisches Gemälde denken, wenn er hinüberstieg. Auch dort hatte er eine braune Brücke gesehen mit hohem Geländer und steilem Bogen über dem blauen Wasser. Unter der Brücke schwammen Karpfen und dicke Goldfische. Der Großvater blieb stehen, immer, an jedem Sonntag, runzelte verschmitzt die Stirn, griff in die ausgebeulte Jackentasche und zog eine Handvoll trockener Brotkrumen hervor. Er hielt den Arm waagerecht über das stille Wasser, als wollte er es segnen, öffnete die Hand, kehrte den Handrücken nach oben und ließ feierlich das Brot aufs Wasser segeln, worauf sich die Fische wie auf ein Kommando hin darauf stürzten, klatschten, sprangen und schnappten, sodass weißer Schaum auf der braunen Brühe trieb. Dann pflegte Heinrich hinunter zu deuten, den Zeigefinger ausgestreckt, hoch aufgerichtet die männliche Gestalt in seinem Sonntagsanzug ohne Krawatte. Der mit den Schuppen auf dem Rücken, der Dicke da, der würde eine volle Mahlzeit für die Familie geben und es bliebe noch ein Rest für den nächsten Tag. Für ein derartiges Prachtexemplar wäre ihm das Brot nicht zu schade, das er sonst niemals wegwürfe, immer achtete, denn es wäre heilig, mit Andacht zu essen und zu behandeln. Wolfram erschauerte an dieser Stelle, seine Nackenhaare stellten sich auf und er sah vor seinem inneren Auge einen goldenen Altar mit einem Kreuz in einem Strahlenmantel und davor, auf der violetten Altardecke, ein Stückchen altbackenes Brot, und aus dem offenen Himmel darüber blickte der Heiland herab, die Hand zum Segen erhoben, roter, gelber und weißer Umhang, lange, grauweiße Haare, spitzer, langer Bart, riesige blaue Augen. Erst der Ruf des Großvaters löste ihn aus seiner Starre, in der er nicht dachte, sondern nur noch fühlte, erst dieser laute Ruf, der ihn aufforderte, dem alten Heinrich zu folgen, hinüber zu der Bootsanlegestelle, zu den dunkelroten Ruderbooten, die in der Morgenbrise wankten und taumelten. Das Kassenhäuschen war noch nicht besetzt, aber Heinrich hatte einen Schlüssel, weil der Invalide dort ein alter Freund von ihm war. Sie stiegen vorsichtig in das äußere Boot, der Großvater wackelte in der Hüfte, hielt einen imaginären Hut auf den Kopf gedrückt, ließ sich schließlich auf die Rückbank plumpsen, sodass er in Fahrtrichtung blicken konnte. Wolfram saß auf dem schmalen, hellen Holzbrett, hatte je ein Ruder links und rechts gepackt, langte mit seinen Händen nur halb um den Griff, erhob sich ein wenig, presste die Knie zusammen und zog den linken Riemen durch das seichte, verkrautete Wasser, um nach rechts zu lenken, dann tauchte er beide Ruder ein, stemmte sich gegen das Wasser, zog das tiefe Heck nach, auf dem das Gewicht des Großvaters lastete, zog und riss, schnaubte, arbeitete mit dem ganzen schmalen Körper. Und der plumpe, breite, flache Kahn nahm Fahrt auf, hinüber zur anderen Seite, an der Schilfinsel vorbei, in der Enten schnatterten und Frösche quakten, hart an dem modrigen Baumstamm entlang, an dem ein Schwanenpaar seine Küken hütete. Es roch nach Gras, modrigem Wasser, irgendwie auch nach Friedhof, sodass

Wolfram sich ganz glückselig und betäubt fühlte, berauscht und erfüllt, während ihm die Schweißperlen auf die Stirn sprangen und er ächzte und astete.

## Im Sanatorium

Nun saß er aber im Foyer des Sanatoriums, rückte unwillig auf seinem Stuhl hin und her, während der Professor nicht aufhörte, Geschichten aus seiner Praxis zu erzählen. Längst war der Tag vorbei, war der Schuhfabrikant aus Bremen eingeschlafen, schnarchte der Pastor aus Celle mit offenem Mund, hatte die Nymphomanin aufgehört, sich da und dort zu reiben. Da schnellte der schlanke Gelehrte plötzlich herum, hob beide Arme in die Höhe, rief der Versammlung seinen Nachtsegen zu, drehte sich ab und schwebte davon, als liefe er auf lautlosen Rollschuhen. Hinter ihm her huschte behände die adlige Assistentin, während sich im engen Rund ein Murmeln erhob, ein Flüstern, dann ein allgemeines Lachen, befreit und fröhlich. Alle liefen durcheinander. Am schwersten waren die zwei Stunden für die Raucher gewesen. Sie drängten jetzt alle gleichzeitig in das schmale Kabuff, in dem das Rauchen gestattet war, während Wolfram und sein Freund Carl sich langsam erhoben, nach allen Seiten spähten, ob sich nicht noch was erobern ließe, der Nymphomanin ein Stück folgten, dann aber in stillem Einvernehmen aufgaben. Das war nicht die Beute, die einen Jäger reizte. Die junge, schlanke, dunkelhaarige Frau hatte bereits den Wickelrock ausgezogen, weil ihr angeblich zu heiß war, und sie ging jetzt in einer knallengen, schwarze Strumpfhose auf und ab, blickte nervös, lächelte kokett, warf ihr Haar zurück, immer wieder, als hätte sie diese Geste einstudiert. Carl fläzte sich in einen der blauen Klubsessel, schlug die Beine übereinander, legte den Kopf auf die Rücklehne und entspannte sich, während

Wolfram auf einem Stuhl neben ihm Platz nahm, die Hände hinter dem Kopf verschränkte und sich reckte. Auf der Holztreppe, die fast weiß war vom Putzen und Wienern, und die in die Bücherei und in den Fernsehraum führte, auf diesen Stufen stand die Nymphomanin und gurrte den munteren, kleinen Vertreter aus der Pfalz an, der ununterbrochen behauptete, wieder ganz gesundet zu sein. Einige Sessel von Carl entfernt jammerte die Stewardess über das ständige Klingeln in ihren Ohren, während die junge Apothekerin an der Wand lehnte, Rücken zum Raum, das Gesicht hinter der rechten Schulter versteckt, verstohlen aus einem silbernen Flachmann nuckelnd.

Das Muster des blauen, schweren Teppichs zu Wolframs Füßen bewegte sich leicht. Die Quadrate verschoben sich, Linien formten sich zu Schlangen und der Wollgrund wogte und bebte, pulsierte mit rötlichen Flammen, bis er die Augen schloss, seinen Gedanken befahl, von dem Teppich abzulassen, sich anderen Gefilden zuzuwenden. Gleichzeitig verstummte Wolfram, rückte aus Raum und Zeit in seine eigene, geschlossene Welt, schwieg nicht nur, sondern hörte auch auf zuzuhören, wenn Carl sprach. Obwohl er milde und freundlich lächelte und nickte war er nicht mehr im Sanatorium, denn er war fast in Wien, auf Klassenfahrt, kurz vor dem Abitur. Er roch das Öl und den Schweiß, den brackigen und bitteren Geruch der Plastiksessel, blickte aus dem Fenster und sah die Lichter aus der Dunkelheit heranstieben, immer schneller werden und in Augenhöhe erlöschen, als der Bus auf der Autobahn unterwegs war in Richtung Landeshauptstadt mit dem Ziel Flughafen. Neben ihm saß der Fischer mit dem pechschwarzen Haar und dem dunklen Flaum auf der Oberlippe. Die Klassenkameraden hatten gelacht, als sie sich auf dem Schlossplatz eingefunden hatten, wo die Abfahrt war. Denn Fischers Freundin war als einziges Mädchen dorthin gekommen, und das junge Glück nahm tränenreich Abschied, er winkte noch aus dem heruntergeschobenen Fenster, sie wischte ihre Tränen mit einem weißen Taschentuch, als der Bus Fahrt aufnahm, um sich von Schloss und Mädchen zu entfernen, in Richtung Ungewissheit, was die Zukunft der zarten Beziehung betraf, denn von Wien ging die Rede, dass es dort wunderschöne Mädchen gäbe und besser noch, auch willige. Als sie von der Autobahn abfuhren, dämmerte es. Gegen den matten Himmel sah Wolfram den hohen Turm der Flugwacht und die Wabenzellen eines Parkhauses. Dann stützte er sich mit einer Hand ab, weil das Fahrzeug jäh bremste und stoppte, griff nach seiner Reisetasche. Ließ Niko vorbei, den weißhaarigen, vierschrötigen, handfesten Burschen, der immer gut gelaunt war, zwängte sich in den Gang vor den langen Klugscheißer Frank, stieg die Stufen hinab und schloss sich den anderen an, die sich auf dem Bürgersteig vor den Glastüren versammelt hatten. Schließlich trotteten sie nebeneinander und hintereinander her durch die Drehtür in die hell erleuchtete Halle mit den kleinen Geschäften, folgten vertrauensvoll wie eine Herde Schafe den beiden Lehrern, Chuck, rothaarig, Halbglatze, dicker Schnurrbart und sein Kollege, der an einer Knochenkrankheit litt und den Kopf nicht bewegen konnte, weswegen er einen eigenartigen Gang hatte und die Schüler ihn Schunkelhotte nannten. Durch die Glaswände blickten sie auf das Flugfeld, und der geschniegelte Arnd, Professorensohn und Krawattenträger, erspähte das kleine Flugzeug zuerst, das für Wien bestimmt war. Es war weiß und rot beschriftet, zwei schnuckelige Triebwerke, 20 Bullaugen, die Tragflächen Enden spitz nach oben gekippt. Ali, der Epileptiker, schrie vor Lachen, als er die Aufschrift entziffert hatte: Tyrolair stand dort geschrieben, und dabei sollten sie mit der Lufthansa fliegen. Wolfram atmete tief durch, als die Maschine zum Stehen gekommen war, weitab von Wien auf dem glühenden Asphalt des Rollfeldes in Schwechat. Sie trotten hinüber zum Bus, hängende Köpfe, müde wegen der abgebrochenen Nacht, matt von den Aufregungen des Fluges und schlaff von der unglaublichen Hitze an diesem Vormittag. Nur Uwe griff nach Wolframs Arm, zog ihn ein wenig beiseite, gestikulierte mit einer Hand und beschrieb flüsternd die körperlichen Vorzüge der zweiten Stewardess, der kleineren und Jüngeren, an der Wolfram selbst nur ein praller Hintern unter dem gespannten, graugrünen Stoff aufgefallen war. Sie wohnten in einer zur Herberge umgebauten, geräumigen, klassizistischen Villa an der Plötzleinsdorfer Straße. Uwe und Wolfram wurden in den beiden Wochen enge Freunde. Sie saßen im allgemeinen Einkaufszentrum, tranken Bier und quatschten die Mädchen an, bis sich zwei von ihnen ihrer erbarmten und sich am späten Abend begleiten ließen, Arm in Arm, dann und wann einen Kuss empfangend und verteilend. Sie zechten im Eisernen Mann im Prater mit einem Luden aus der Steiermark, der ihnen eine dickbrüstige Kärntnerin zuführte, kaum 18 Jahre alte aber dafür bereits Mutter eines zweijährigen Knaben, der bei ihren Eltern in der Ferne lebte. Die Hofburg, die Hofreitschule, das Automobil, in dem der Kronprinz in Sarajewo erschossen worden war, Tillys Säbel, das Zelt der Türken vor Wien und dann der Heurige, die heiße Sommernacht, der süffige Wein und die vom Zaun gebrochene Schlägerei.

Wolfram stutzte, erschrak, verkrampfte, bekam keine Luft, wollte durch den Mund atmen, riss die Augen auf und blickte in Carls Augen, der breit grinste, die Zähne entblößt hatte, ihm mit zwei Fingern die Nase zuhielt und mit der flachen Hand den Mund, denn er hatte geschnarcht. Als er wieder die Übersicht hatte, lachte er, stand auf, winkte Carl zu.

Sie gingen hinüber zur Lounge, fläzten sich in riesige, altmodische Sessel. Carl spielte Gentleman im Klub, saß wie versteinert mit steif gefrorenen Gesichtszügen, Mundwinkel leicht spöttisch nach unten, Füße übereinander, eine Hand hinter sich gestützt, dann schnaufend und schniefend und stotternd und sabbernd, als wäre er ein wenig gaga. Wolfram hielt die gefalteten Hände zwischen den zusammen gepressten Oberschenkeln und bog sich lachend vor und zurück. Ganz plötzlich wurde es mäuschenstill, atemlos verharrten sie, keine Regung bewegte die Luft vor dem kalten Kamin, in dem sich trockenes und angebranntes Holz stapelte. Es war nur ein wenig heller als halb dunkel in dem altmodisch eingerichteten Raum, und der dunkelrote, schwere Teppich schluckte jeden möglicherweise verbliebenen Laut. Die vier Klubstühle im Hintergrund waren unbesetzt, das dunkle Holz der Tischplatte hinter ihnen glänzte im Licht des riesigen Leuchters mit den elektrischen Kerzen, und auf dem dritten Sessel saß jetzt ruhig und schweigsam, fast andächtig still, eine junge Frau. Sie hatte schwarzes, glattes Haar, aus der Stirn nach hinten gekämmt, zu einer Art kurzem Pferdeschwanz gebunden. Sie war madonnenhaft bleich, trug eine leichte, weiße Bluse über einem roten Minirock, der mit weißen Schattenrissen von Blumenmotiven übersät war und so knapp saß, dass sich jede Falte darunter abzeichnete. Die Frau hatte volle Lippen und ein fast unwirklich schönes Gesicht mit Rougetupfern auf den Wangen. Um ihren schlanken Hals trug sie eine schwere Kette aus grünen Steinen, deren unterster und schwerster auf der steilen Falte ruhte, die sich zwischen ihren Brüsten auftat. Ihre schweren, festen Brüste wogten mit ihrem tiefen, leisen, gleichmäßigen Atem, als sie den Rock über die Schenkel heraufzog, die Knie fest schloss und dann von links nach rechts und zurück bewegte, wie ein Fakir seine Flöte bewegt, um eine Schlange zu bannen. Wolfram und Carl starrten und wagten kaum zu atmen, damit der Zauber nicht verfliegen mochte, sahen die weißen Schenkel sich mutwillig hin und her bewegen, die straffe Haut schlug keine Falte, und dann und wann blitzte es dunkel und geheimnisvoll am anderen Ende der Schenkel. Zudem schürzte sie die Schultern und bewegte den Oberkörper, sodass ihre Brüste in Bewegung gerieten, wippten und schwangen. Die Männer kannten die Schöne. Es war eine Küchenhilfe, sonst immer in weißem Kittel unterwegs mit Fettflecken und Schmutzrändern. Einige Male war sie beauftragt worden, bei der Reinigung der Zimmer zu helfen. Carl hatte Wolfram am nächsten Tag davon erzählt, dass sie in seinem Zimmer auf den Knien vor der Heizung gehockt hatte, bedächtig und fast genüsslich das Blech mit einem hellblauen Tuch streifend und wischend, das Hinterteil ihm zugewandt, die Knie leicht auseinander, den knappen Minirock fast über dem Hinterteil, ihm die prallen, festen Backen bietend und unter dem weißen Schlüpfer die sich deutlich abzeichnende, sanfte, weiche, warme, feuchte Rundung des Geschlechtsteils. Carl hatte immer noch schwer geatmet, als er davon sprach, hatte rote Wangen gehabt und glänzende Augen, hatte mit der Handkante gegen die Wand geschlagen und sich solch einen Narren gescholten, dass er die Gelegenheit nicht ergriffen hätte, gerade jetzt, nach den Wochen der Trennung von seiner Frau, aber er hätte nur mit Rücksicht auf seine Frau von weiteren Handlungen Abstand genommen, klagte er, denn noch hätte er die Ehe nicht aufgegeben. Aber seine Frau hätte doch niemals davon erfahren, wenn er die Gelegenheit ergriffen hätte, und wieder und wieder hatte er mit der Hand gegen die Wand geschlagen, bis auf der grünen Tapete eine deutliche Spur zurückgeblieben war.

Carl stand langsam auf. Sein ganzer Körper schien vor Erregung zu zittern, aber nach außen sichtbar war das nicht, vielleicht bis auf die Hände, als er die Handflächen gegeneinander rieb, als wüsche er sich. Mit seltsam gespreizten Beinen tat er einen Schritt auf die Frau zu, die ihn anstarrte, scheinbar erschrocken, aber mit wissendem Lächeln und durchaus gelassen und überlegen. Sie legte die Handflächen aneinander, hob die Fingerspitzen an ihre gespitzten Lippen, schloss die Augen, als betete sie, lehnte den Oberkörper zurück, drückte ihn gegen den Sesselrücken. Spreizte die Ellbogen auseinander, hob die Brust und öffnete zugleich unter dem Rock, der jetzt fast auf ihren Hüften saß, die drallen und prallen Schenkel. Carl stand auf Reichweite vor ihr, die Arme mit geballten Fäusten hilflos an beiden Seiten, den Kopf eingezogen, mit gespreizten Nüstern, während Wolfram wie angenagelt in seinem Sessel saß, Augen weit aufgerissen, leise schnaufend. Dann saß sie locker, Schultern ein wenig vorgeneigt. Linke Hand schlaff im Schoß, rechte Hand zielsicher nach vorn unterwegs in Richtung Carls Hosenstall.

Wolfram erhob sich langsam. Er tat zwei feste Schritte, bis er hinter der Frau stand und über ihren Kopf schauen konnte. Sie knetete an Carls Hose, hatte das Ding fest im Griff, kicherte amüsiert und schaukelte mit dem Oberkörper, als sie Wolframs Hände auf den Schultern spürte, der sie sanft fest hielt, die Hände ein wenig schloss, bis er das Schlüsselbein und das feste Fleisch spürte. Ruhig und sehr überlegt bat er sie, Carl zunächst einmal loszulassen, was sie widerstrebend und zögerlich tat, bis ihre Hände auf ihren entblößten Oberschenkeln lagen, Handflächen nach oben, Finger ein wenig gekrümmt. Mit dem Kopf zeigte Wolfram in Richtung Tür, in Richtung Nacht, in Richtung Dunkelheit, und Carl verstand, griff nach ihren Händen, fasste zu, zog sie hoch, bis sie ganz dicht vor ihm stand, er ihren Atem spürte und ihren Duft roch, in den sich ein süßes Parfüm mischte.

100

Sie schlichen im Schatten zur Tür, hintereinander, bedacht, dass sie aus dem erleuchteten, angrenzenden Salon nicht gesehen wurde. Hinter der Glastür bewegten sich Schatten, wanderten Umrisse von Köpfen und Körpern, herrschte schließlich Ruhe, sodass sie es wagten, leicht und leise weiter zu schleichen. Fast hatten sie die Haustür erreicht, als die sich plötzlich öffnete, nach außen schwang, nicht schnell, nicht langsam, ganz normal und in einem Zug. Im Rahmen stand die betrunkene Apothekerin, hatte eine Zigarette im rot ge-schminkten Mundwinkel, eine Hand in die Hüfte gestützt. Sie nahm die Zigarette herunter, hielt sie dann provokant mit der Glut vor ein Auge, musterte sie gründlich, räusperte sich und fragte, ob sie mitmachen könnte, ein Vierer wäre doch besser als ein Dreier. Wolfram stand starr, als hätte er sich in die Hose gemacht, Carl zuckte nervös mit dem Kopf, fing sich aber als Erster, wischte mit der Hand durch die Luft, lehnte ab, wollte angeblich die Kleine nur nach Hause bringen, weil ihr schlecht geworden wäre. Die Apothekerin gurrte wie ein liebestoller Täuberich, drehte sich in der Hüfte, ging ins Haus und knallte die Tür hinter sich zu. Die drei jungen Leute blieben einen kurzen Moment auf dem Sandweg stehen, der um die Hälfte des Hauses und dann weiter in den Wald führte, standen still und leise, sicherten nach allen Seiten, konnten ihr Glück kaum fassen, bis sich die Frau nach vorn schob und sich in Bewegung setzte, ihren ganz kurzen Rock lässig und lustvoll nach unten zog, wobei sie das Gesäß je einmal nach links und nach rechts ruckte. Es ging bergauf zwischen dunklen Büschen und tiefen Tannenästen von mächtigen Bäumen, deren Spitzen sich im Abendhimmel verloren, als Silhouetten vor der Mondsichel tanzten oder vor einzelnen Wolkenfetzen. Der Wind war warm aber deutlich spürbar, streifte ihre heißen Gesichter, schob sie den Berg hinan.

Wolfram gab sich gelassen und schritt ruhig und gleichmäßig aus, drängte aber alle lustvollen Gedanken mit Macht in den Hintergrund, summte und ersann sinnlose Texte auf bekannte Melodien, immer wieder, blöde, stupide, nur keine Lust zeigen, keine Bewegung vorab, denn noch war es nicht wahr, also summen vom Fischer in St. Jose und Dosen, die man sich in Tirol schenkt, das Karnevalslied von den missbrauchten Kinderlein, mit dem Refrain „denn es war immer so" und von der Lärche im Morgengrauen. Bis er gegen etwas Weiches prallte, sanft, etwas mit vorgehaltenen Händen schubste, anfasste. Es war die junge Frau, die mit dem Rücken an einem festen Baumstamm lehnte, den Rock neben dem Schuh auf der Erde, die Beine geöffnet, Carl davor, wuchtend und keuchend. Wolfram schlich erschrocken auf die andere Seite der Fichte, lauschte starr auf das Stöhnen und Jammern und Schieben und Kratzen, umfasste den Stamm von hinten, bekam den weichen Hals zu fassen, legte die Hände übereinander und schloss sie ganz fest, drückte, zog, schrie und weinte, bis der Kopf über seine Hände fiel, während Carl noch ächzte und stieß, dann plötzlich abließ, schnaufte, einen Schritt zurück trat, als die Frau schlaff gegen ihn sank, an ihm hinunter glitt, als suchte ihr Mund etwas, Kopf im Genick, schwarzes Haar fließend, Carls Knie, der weiche Waldboden, Carl begann zu begreifen, riss die Augen auf, stand breitbeinig mit heruntergelassener Hose in den Kniekehlen, unter ihm die Frau, das weiße Gesäß im Mondlicht, die Beine vulgär und unnatürlich gespreizt und verdreht, den Kopf voran und zwischen seinen Turnschuhen.

Wolfram hielt den Baum fest und schob den Oberkörper um den Stamm. Er spürte nichts Besonderes, keine Lust mehr in pochenden Lenden, keine Aufregung, hatte kein Herzklopfen und keinen Schweiß auf der Stirn. Carl stand schreckenstarr mit offenem Mund und aufgerissenen Augen, eine Witzfigur im tanzenden Mondlicht, das Glied erschlafft unter der dichten Schambehaarung, auf die Wolfram grinsend starrte. Dann schüttelte er sich, als wollte er Staub loswerden, grinste breit, zog die Füße unter dem Schopf der Frau hervor, zerrte den Hosenbund in Hüfthöhe, schloss sehr sorgfältig die Gürtelschnalle, drehte sich auf dem Hacken um und schritt aus, Wolfram auf seinen Fersen, bis sie an eine Lichtung kamen, die von hohem Gras bestanden war. Die langen Gräser schimmerten und funkelten im bleichen Licht der Nacht, als sie sich im Wind wiegten und wankten wie schlanke Kobolde. Carl setzte sich auf einen Stein, nahm einen dürren Zweig auf, der am Boden gelegen hatte, während sich Wolfram eng zu ihm setzte, auf den Boden, die Beine untergeschlagen.

## Die Flucht

Der Morgen dämmerte, brach an, hinter einer roten Wolke begann die Sonne, zu strahlen. Das Licht wurde heller, gelb, dann weiß, blendete Wolfram, der sich in den plüschigen Stoffsitz gedreht hatte, Kopf auf dem Unterarm, Hand auf dem schmalen Fensterbrett. Sie saßen einander gegenüber im Intercity mit müden, blassen Gesichtern, waren mit dem Bus durch Nacht und Wald gefahren, hatten die nächste Stadt erreicht. Der Bahnhofsvorplatz mit den Taxen im Zwielicht, die Halle mit den gelben Mosaikbögen, Schalter, Menschen mit Taschen, rauchend, in grauen Staubmänteln. Die kalte, graue Treppe hinauf zum windigen Bahnsteig, fast frostig nach der Geborgenheit des Waldes. Auf den Tafeln hatten Zeiten und Städte gestanden, ein junges Paar hatte sich eng aneinandergeschmiegt, eine alte Frau hatte ruhelos ihren Trolley an den Gleisen entlang und wieder zurückgezogen, hinunter und wieder her, immer wieder, weiße Bluse, braunes Kopftuch, blauer Rock, hin und her, und Wolfram und Carl hatten zitternd nebeneinandergestanden. Nichts war geschehen, hatten beide immer wieder gedacht, hatten sich nicht erinnert, weil sie die Luke zur Vergangenheit geschlossen hatten, denn alles hatte neu begonnen, alle Karten waren neu gemischt worden an diesem frühen Morgen auf diesem kleinen Bahnhof in der Provinz. Dann hatte der Lausprecher geschoppert, eine singende Frauenstimme hatte deutlich Unverständliches artikuliert, der silberne Pfeil des Zuges war herangeglitten, die Spitze vorbei, die Türen hatten sich geöffnet und sie waren die Eisenstufen hinaufgestiegen, in den Bauch der Maschine wie in einen bergenden Mutterleib, waren fort, bevor sie saßen, hatten den Wald verlassen und die Wirklichkeit, setzten sich ans Fenster in einem Wagen der ersten Klasse, saßen sich gegenüber, rollten ihre Glieder gleichermaßen und nahezu synchron ein, während die Lichter vor dem Fenster an Fahrt gewannen und zurückschossen, zurückblieben in dem Mief der Kleinstadt, und beide überkam ein plötzlicher, fester und tiefer Schlaf, sodass die junge Schaffnerin nicht wagte, sie zu stören, nicht nach den Fahrkarten fragte, sondern leise vorbeiging, weiter, zu ihrem Platz gleich nebenan. Wolfram erwachte als Erster und rekelte sich in der Morgensonne, die unbeweglich in der Ferne stand, über der flachen Landschaft, dem grauen Grün der Wiesen und den Schatten der vorbeihuschenden Kühe. Er starrte aus dem Fenster, halb unbewusst, halb neugierig, sah eine spitze Bergkuppe, die sich langsam näherte, schneller, immer schneller, vorbeiflog, ihm die Seite zuwandte mit dem mächtigen, schwarzen Denkmal, nach hinten zog, fort aus dem Gesichtsfeld. Auf der anderen Seite des Ganges hatte eine junge Frau, die aussah wie eine hübsche Japanerin, den Kopf weit zurückgelehnt, das schwarze Haar gegen das graublaue Kissen, die Nase spitz, den Mund halb offen. Schienen rasten vorbei, Beton, Graffiti an einer fast weißen Mauer, ein fremder Bahnhof, bunte Plakate, Bänke, ein Pärchen, eng umschlungen, das Mädchen weinte, presste das kleine, bemützte Gesicht gegen den schwarzen Kaban des Jungen, der in die Ferne starrte mit leeren Augen und bleichem Gesicht. Türen klangen und schlugen, leises Kreischen, ein hohes Pfeifen, wieder Fahrt, ganz langsam, der Zug gegenüber schien sich zu bewegen, dann Scharren und Schieben, Räuspern, als ein alter Mann in schwarzem Anzug vorbeischob an ihren Plätzen, grau und gebeugt und mit schwerem Gepäck. Carl schreckte auf, zuckte mit allen Gliedern, riss die Augen auf, starrte Wolfram wesenlos an, dann aus dem Fenster, begriff, streckte sich wohlig, kratzte sich zwischen den Beinen, lehnte den Rücken ans Polster, wohlig, behaglich, wölbte den Brustkorb vor und ließ sich dann entspannt zusammenfallen, während Wolfram den Ellbogen unverändert auf dem Sims hielt, das Kinn in die Handfläche gestützt, mit dem Mund schnappend wie ein wasserloser Karpfen, dann wieder die Lippen spitzend, fast lautlos pfeifend, dann die Luft anhaltend, bis sein Kopf knallrot zu platzen drohte, denn er begann, sich mächtig zu langweilen.

Wieder ging langsam und ächzend die Tür, ein alter Mann schob sich quer in den Wagen, Krücken in einer Hand. Carl stand rasch auf, wollte ihm helfen, die Tasche tragen, aber der Alte hielt nichts davon, strich sich eine fette, gelblichblonde Strähne aus der Stirn, hangelte sich weiter, ein alter, einsamer, stolzer Gorilla. Dann, ohne Absprache, aber in vollem Einverständnis, sahen sich die beiden Männer an, Wolfram nickte kurz, sie standen auf, verließen ihre Plätze und den Wagen, gingen zur Tür, standen eng nebeneinander, vorgebeugt, gespannt, blickten auf die Büsche und Bäume, die grün und braun vorüberhuschten, standen still, bis die Schaffnerin an ihnen vorbeigegangen war, bis der Zug bremste, die umgekehrte Beschleunigung an ihnen riss und schob, bis das Grau eines weiteren Bahnsteigs auftauchte, bunte Tafeln, Lichter, Litfaßsäulen, bis die stählerne Tür aufging und sie benommen hinausstolperten in den Glast und die Glut eines rheinischen Sommertages.

Die Menschenmenge schlug über Wolfram zusammen, nahm ihm den Atem, machte ihn schwindlig. Er kannte das Schieben und Durchstreifen, das Teilen der Menge durch den eigenen Körper nicht mehr, seit er die große Stadt verlassen hatte. Er musste sich beherrschen, um nicht zu starren, um den Blick nicht hilflos und steif verharren zu lassen, auf dem muskulösen Farbigen im Ringelhemd mit mächtigem Bizeps, Glatze, einem riesigen goldenen Ring im Ohr und, blau auf braun, dicht an dicht gesetzte Tätowierungen. Zwei ganz junge, hübsche, olivhäutige Mädchen lehnten an einem Automaten, Schuhe mit dicken, hohen Sohlen, knallenge Jeans unter den flachen, freien Bäuchen, schlanke, schmale Tops, die Köpfe mit blauen Seidentüchern verhüllt bis auf die spitznasigen, ausdrucksvollen Gesichter. Carl lächelte, plauderte, schritt ungezwungen neben ihm, denn Carl war der Großstädter, der Mann von Welt und Lebenserfahrung, gewöhnt an seine Heimatstadt, deren Bahnhof diesem in nichts nachstand. Kurz vor dem Ausgang blieb Wolfram noch einmal stehen, während eine Schulklasse aufgeregt und kreischend um ihn herumfloss, hüpfende Mädchen mit Brauseflaschen, Jungen mit Rucksäcken, bunten Kappen, manche gemessen paarweise, andere rennend, wippend, Hände vorn unten verschränkt, mit den Armen den Schwung der kleinen Körper auspendelnd, Söckchen, Sandalen, Turnschuhe. Wolfram blickte darüber hinweg, sah die großen Glasscheiben des

Restaurants, in dem er einst seine erste Mahlzeit in dieser Stadt gegessen hatte. Vor dem Bahnhof der wabernde Betonplatz, grau mit weißen Linien und den unzähligen, bunten Autos, diesen rasch bewegten Farbklecksen, beige-schwarz-gelben Taxen in zwei schier endlosen Schleifen, das schrille Schreien einer S-Bahn und hinter dem Platz, unmittelbar, bedrückend nah, hoch, aufdringlich, atemberaubend, die nahe Silhouette Großstadt, Fensterreihen, grober Putz, Glas, Stahlstreifen im hellen Licht. Zwischen den Trutzburgen aus glitzerndem Metall, Beton, Reklamen und kristallhellen Flächen die Züge der Straßen bis weit hin an den Rand des Sichtbaren.

Carl saß großspurig auf dem ledernen Beifahrersitz, Arm hoch über der Rücklehne, neben der Kopfstütze, Gesicht dem Fahrer zugewandt, einem dunkelhaarigen, jungen Mann, der kaum Deutsch sprach, die Silben hart durch die Kehle presste. Wolfram lag fast auf dem breiten Rücksitz und ließ die immer noch atemberaubende Großstadt an sich vorbeiziehen. An jeder Ampel starrte er auf die Mädchen und jungen Frauen, die großstädtisch gewandt am Fenster des Taxis vorbeischritten, hüpften, stelzten, schlenderten, kokett, gleichgültig, durchsichtige Blusen, kurze Röcke. Sie fuhren mitten durch das Gewühl der Innenstadt. Erinnerungen sprangen Wolfram an, vereinzelt, dann dichter, ein Schwarm, bis sich ein Schleier über seine Augen senkte, was immer geschah, wenn die Eindrücke zu viel für ihn wurden, wenn er nicht mehr bewältigen konnte, was Augen und Ohren in seinen Kopf zu stopfen versuchten. Dann schmeckte er manchmal Blut auf der Zunge oder Salz oder Essig, völlig willkürlich, dann brannte sein Arm oder wurde steif von arktischer Kälte, roch er Qualm und Kölnisch Wasser, manchmal gleichzeitig. Er sah das dunkelbraune und gelbe, schmale, dunkle Tanzlokal, in dem er mit Sigrid gesessen hatte, hörte die Musik, als spielte sie vor ihm, sah die jungen Dinger in fast keinen Röcken ekstatisch auf der hölzernen Tanzfläche zucken und zittern, sich winden und drehen, spürte Sigrids Atem, der nach Sekt roch und ein wenig nach Essig, spürte ihre vollen Lippen, die sich versteiften, und die süß schmeckten, betäubend zuckerig und zugleich nach Parfum. Und er roch ihre glatte Haut, spürte sie zart unter seinen Fingerkuppen, wie sie straff war und fest und zugleich weich. Seine Hand lag auf ihrem Haar, über dem Nacken harte, kleine, goldene Strähnen wie scharfe, unendlich schmale Sicheln. Wieder stieg es in ihm auf, füllte seinen Bauch, ein Flattern und Juchzen, betäubend und kitzelnd, fast dem Beginn einer Ohnmacht gleich. Und er ging quer über den Worringer Platz, kurz vor Morgengrauen, allein, schwankend, denn er hatte getrunken. Auf der anderen Seite des Platzes drückte sich eine alte, gebückte und offenbar geistesgestörte Frau mit einer großen, schwarzen Brille gegen die Hauswand, als hätte sie Angst vor ihm, als er zu ihr hinüberschritt, fest entschlossen jetzt, ein Fünfmarkstück in der Hand, das er ihr anbieten wollte, bis er die Furcht in ihren blauen Wasseraugen sah und die vergammelten Zähne hinter den sabbernden, offenen Lippen. Er ekelte sich wie damals, als seine Hand vorgeschossen war, zur Faust geballt, als er die Alte ins Gesicht getroffen hatte, sodass ihr Kopf gegen eine rote Hauswand geschleudert war, als wäre er abgebrochen, als sich dunkles, ekliges, stinkendes Blut über die Wand und den Bürgersteig ergossen hatte, langsam zwar aber stetig und unaufhaltsam, als er mit dem schwarzen Lederschuh zugetreten hatte, Sohle auf ihrem Nacken, stärker und immer stärker, bis es brach und splitterte und krachte wie der morsche Baumstamm, auf den er einst mit der stumpfen Seite einer schweren Axt geschlagen hatte, und dann hatte die Fremde da gelegen, Augen verdreht, Mund auf, Zunge heraus, Speichel über dem Kinn, Beine gespreizt, als wollte sie ihn empfangen und verführen, abgrundtief hässlich in ihrem Tod, schlimmer noch, als sie es in ihrem lächerlichen Armenleben gewesen war. Neben ihr verstreut auf dem nachtdunklen Pflaster der Inhalt eines Kartons, den sie unter ihrem Arm getragen hatte, ein kleiner Hausstand für die Belange einer großen Stadt.

Carl war es, der ihn langsam aus seiner Bewusstlosigkeit zerrte und zog, schob und drückte, denn sie waren am Ziel und mussten das Taxi verlassen. Wolfram indes war noch lange nicht zurückgekehrt aus seinem ganz eigenen Reich der Schatten, das er sich immer dann schuf, wenn die Wirklichkeit zu abstrus und unwahr wurde, wenn sie sich auf ihn stürzte, ihn in ihrer Umarmung erdrückte, ihm das Bewusstsein aus der Schädeldecke schob und ihn schlaff wie eine Marionette zurückließ. Dann nahm er sich zusammen, stemmte sich dagegen an und floh in eine süße Nacht, die zugleich Dämmerung und Tag war, die sich aus Erinnerungen und Ahnungen zusammensetzte, aus Träumen und Erlebtem, aus Lust, viel Lust und süßer Pein, in der er furchtlos war und anders, neu und stark und gewalttätig und frei von Schmerz, Zweifel oder Skrupel.

Als Carl bezahlte, als sich der Fahrer mit einem geschrienen Fluch verabschiedete, der aus tiefer Seele zu kommen schien, als die Tür des Wagens laut ins Schloss fiel, der Motor aufheulte und die Reifen kreischten, da kniete Wolfram neben einem schlanken, gelben Haltestellenmast und hatte die Wange an den Papierkorb geschmiegt, den Gegenstand, der seinem Gesicht am nächsten war und zudem angenehm kühl. Carl beugte sich hinunter, kniete dann neben ihm, hielt sein Gesicht. Aber Wolframs Augen waren leer und matt und stumpf. Kein Fünkchen flackerte darin, kein Schelm grinste, kein Glitzern auf der metallischen Iris. Dafür bewegte er die

Schultern wie ein unwilliges Kind, schnob durch die Nase, als protestierte er gegen einen zu festen Griff eines Erwachsenen. Carl fing an zu weinen, lautlos und mit geöffneten Augen, spürte, wie eine nasse Träne an seiner Nasenseite bis zur Spitze rutschte und hinuntertropfte. Ein älteres Ehepaar war stehen geblieben. Die Frau blickte ängstlich. Der Mann, der einen beigen Staubmantel trug und einen braunen Kaschmirschal, fragte, ob seinem Freund schlecht geworden wäre. Carl nickte, der Andere fasste zu, sie zogen Wolfram an die Hauswand, Schuhe hinterher, lehnten ihn mit dem Rücken an, legten seine Hände in seinen Schoß ließen den Kopf auf die linke Schulter sinken, sodass er aussah, als schlummerte er ruhig, wenn auch mit geöffneten Augen. Die Brille mit den runden Gläsern war verrutscht, ein Glas auf der Nase, das zweite auf der Wange, ein Bügel über der Stirn. Aus seinem honigfarbenen Haar war eine Strähne tief in die Stirn gefallen, schwer und fettig. Er faltete die Hände, spitzte die Lippen und blies, als blase er in eine kleine Flamme, ganz vorsichtig, um sie nicht zu zerstören.

Ihm war, als striche der Wind über sein Gesicht, als er auf dem kleinen Pferd über die Steppe jagte, vor ihm der schwarzhaarige Henning und irgendwo hinter ihm Sigrid, seine Gefährtin. Am Rande der weiten, grauen und grünen Landschaft mit den dunklen Sträuchern und wenigen Bäumen, dort, wo sich Himmel und Erde im Sonnenglast zitternd berührten, dort musste die Herde sein, die sie jagten. Wolfram schrie und stieß den Arm in den blauen Himmel, die feste, harte Jägerhand voran, in der er Pfeile und Bogen hielt. Juchzend antwortet Sigrid und Henning drehte sich um, sah ihn aus großen Augen an. Denn die Steppe war fort, sie saßen in einem Taxi und es war Nacht. Aus dem Western Coral kamen sie, wo sie mit Lord Andy, dem Sänger einer bekannten Popgruppe, getrunken hatten, ernsthaft, lange, fast schweigend. Sigrid saß vorn, beugte sich zum Fahrer hinüber, flüsterte ihm etwas zu, woraufhin er lachte und an den Straßenrand fuhr. Henning saß links und war bass erstaunt, als Wolfram hinter Sigrid das Taxi verließ, nach ihrer Hand griff und sich gemeinsam mit ihr noch einmal umdrehte, winkte, lachte und dann im nächsten Hauseingang verschwand.

Sie nach innen, aschblond an diesem Abend, Pagenkopf, aschblondes Haar mit hellen Strähnen, mit dunklen Streifen, ein hellrosafarbener Mund, diskret, kaum geschminkt, blass im fahlen Licht, aufzuckende Wangen im Gelächter, ein Winden und Wenden und Lachen und fort, linke Hand weit, hinterher hinter Wolfram, beide fort in Grau, in den kaum Farben der Nacht, hinweg wie ein Husch, über den Bürgersteig zu einer dieser tausend Türen an den grauen Straßen der Großstadtnacht.

Als Wolfram durch die enge und schmale Dachwohnung strebte, war er ein wenig betrunken, unsicher, aufgeregt, erwartungsvoll, zögerlich, ängstlich und doch mit einem kräftigen Klopfen im Bauch, als er hastete und stolperte und stammelte, um endlich die kleine Toilette zu erreichen, die Hose aufzureißen und sich zu erleichtern. Er hielt den abgenutzten Holzdeckel mit dem Daumen gegen die beige gekachelte Wand gedrückt, als könnte er sich verletzen. Die Decke war gelblich, einst weiß getüncht. Das Handwaschbecken hatte dieselbe Form wie das seiner Großeltern in der Bergarbeiterwohnung in Gelsenkirchen. Die Badewanne war ausreichend breit, aber viel zu kurz. Sie reichte zwar von Wand zu Wand, doch konnte ein Erwachsener nur darin sitzend ein Bad nehmen. Und dennoch kniff Wolfram die Augen zusammen, als er versuchte, sich Sigrid in der Wanne sitzend vorzustellen, ihre festen Brüste, ein wenig nach außen schielend, Haare, ganz hellgelb oder mehr graublond und weißlich und weich, kurz, weich und angenehm. Als er den Hosenstall hastig zuriss, spürte er, dass ein guter Rest Urin in seine Unterhose gegangen war denn es fühlte sich im Augenblick kühl, nass und klebrig an um sein Glied. Er hatte aber gar keine Wahl, musste zurück in das Zimmer mit der grauen Schlafcouch unter der Raufaserschräge, dem roten Tisch, den Büchern, zurück zu Sigrid, die auf der Couch ausgestreckt lag, den Kopf in einer Handfläche, den Ellbogen aufgestützt, ein Knie angewinkelt, nichts über oder unter ihrem fleischfarbenen Korsett mit einer kurzen Reihe messingfarbener Druckknöpfe über der Scham.

Wolfram tat, als starrte er durch die niedrigen Scheiben des Fensters, steil in der Schräge der Wand, in die tiefe Dunkelheit über den Dächern der Stadt, in den mondlosen Himmel, finster, sternlos, denn auf diese Weise konnte er seinen Hosenstall von ihr abwenden, konnte im Krebsgang an ihr vorbeischieben, Rücken zu ihrem Gesicht, konnte die Couch umgehen, an der Rückseite entlang wieder ihr zugekehrt, Deckung hinter der grauen Lehne. Knapp hinter Sigrids Kopf blieb er stehen, beugte sich etwas vor, griff hinüber, ihre feste Brust in der Hand, langsam und gefühlvoll knetend, Lippen auf ihrem Haar, auf der harten Kruste des Festigers, dessen künstlicher Geruch ihm den Atem raubte. Er langte mit der anderen Hand nach ihrer Brust und ließ derweil die rechte hinunter wandern zu den metallenen Knöpfen, die ihren Schoß verschlossen. Einen Augenblick lang oder auch eine Minute oder zwei wurde ihm übel und Blitze zuckten und funkten hinter seinen Lidern, grellgelb und flammend rot, während er den Drang verspürte, den Kopf hin und her zu schlagen, um dem unerträglichen Schmerz unter seiner

Schädeldecke und hinter seinen Schläfen zu entfliehen, ihn zu verlagern, aus sich heraus an einen anderen Ort, und zugleich schlugen seine Hände und Füße unkontrolliert durch das halbdunkle Mädchenzimmer, griffen nach dem Teddy und dem kleinen Tiger auf dem Tisch, zerrten an gläsernen Rahmen und porzellanen Schüsseln, bis das Klopfen, Pochen und Hämmern ihn mit einem Sprung verließ wie eine Katze, die von einem Ast springt, um sich in die Büsche zu schlagen. Sigrid lag verdreht vor der Couch auf dem Bauch, ihr blasses, schönes Gesicht starrte mit aufgerissenen Augen an ihrer nackten, weichen, weißen Schulter entlang, als suchte sie etwas unter dem Möbel.

Carl riss und zerrte an seiner Schulter, zog an seinem Fuß in diese und dann in eine andere Richtung, hämmerte mit den Fäusten auf seinen Rücken ein, bis Wolfram die starren Augen aufschlug, nach seiner Brille griff, sie zurechtrückte, ein Taschentuch aus der Hosentasche klaubte, unter seiner Hüfte, über das Pflaster schabend, sich den Speichel fortwischte, angeekelt von sich selbst, um sich schließlich aufzurichten, sich rücklings am Metallpfahl empor schob, zu stehen kam, wackelnd und weichend, blöd durch die Gegend glotzte, auf den brausenden Verkehr, die bunte Straßenbahn, die hastigen Männer und Frauen.

Sie gingen eine fast menschenleere Straße hinunter, die von hohen, grauen Mietshäusern gesäumt war. Zwischen dem Bürgersteig und der Fahrbahn waren in regelmäßigen Abständen Bäume gepflanzt. Jeder dieser Bäume war durch einen kniehohen Metallzaun am Fuße bewehrt. Wolfram trottete gesenkten Hauptes und mit fast geschlossenen Augen dicht an den Wänden der Häuser vorbei, duckte sich vor Eingängen und starrte furchtsam in dunkle, offene Kellerschächte. Carl pfiff und hüpfte am Rande der Fahrbahn, breitete die Arme aus, balancierte auf einer imaginären Linie, warf den Kopf in den Nacken und starrte in das betäubende Blau des Himmels, während er fast unbewusst und automatisch einen Fuß vor den anderen setzte.

Über einen großen, fast kreisrunden, Platz fuhr kreischend und scheppernd eine Straßenbahn. Sie standen neben einem graugrünen Laubbaum, vielleicht einer Linde, berührten sich, Schulter an Schulter, hatten jeweils die halben Schuhe über der Bürgerstiegskante, warteten, Carl winkte, eine blonde Frau blickte zurück, Gesicht dicht am Fenster, die Hand an der Glasscheibe huschte hin und her. Sie schauten sich an, lächelten, schritten weiter aus, bis sie an einen Bahndamm kamen, der bis an den Rand der Hauptstraße führte, mitten durch die Häuserschluchten. Feste, dicke Betonwälle trugen die Brücke, auf der Brücke lagen die Schienen, über die ein Zug rasselte und rumpelte, als sie just die Unterführung betreten hatten. Scharf hinter dem letzten, mächtigen Pfeiler bog ein schmaler Weg ab, kaum für Autos geeignet, eher für Radler und Fußgänger, ein Zementstreifen zwischen Wiesen und Büschen, wenig mehr als zweihundert Meter lang. Dann gingen sie durch eine schmale Passage erneut unter der Bahnstrecke hindurch, bogen wieder rechts ab und gelangten schließlich an ein hohes, geschlossenes Tor aus graulackiertem Blech mit groben Beschlägen und einer engen Tür daneben, in der sich ein Drehkreuz befand. Carl ging vor, Wolfram folgte, fast ängstlich, zögernd und um sich blickend. Die Häuser in der sichelförmigen Gasse waren schmal, alt, teils aus Fachwerk aufgeführt, teils aus massivem Beton. Links eine schräge Strebe, grau, dick, gegen eine aus Ziegeln gemauerte Hauswand, von dunklen Balken durchbrochen. Eine dunkelgrüne Holztür mit halbrundem Sturz aus einem dicken Balken, eine kleine Pforte in der Tür nach innen geschwungen, ein hohes Rechteck freigebend. Darin stand eine dicke Frau mit schwarz gefärbten Haaren, grell gelb, weiß und rot geschminkt, pechschwarze Linien anstelle der Brauen, Knollennase. Sichtbar war nur ihr Oberkörper, die freien, weißen Schultern, der Spitzenbesatz über dem mächtigen Busen, das grün schimmernde Korsett, das ihre Brüste einzwängte und nach oben presste. In ihrer rechten Hand hielt sie eine Zigarette, die sie theatralisch zum Mund führte. Ihr linker Unterarm ruhte auf dem geschlossenen, unteren Teil der Pforte und hielt einen hübschen, korpulenten, langhaarigen braunen Dackel fest, der sich auf den Arm gelegt hatte. Als sie die Zigarette zum Mund geführt hatte, griff sie dem kleinen Hund mit der rechten Hand zwischen die Beine und begann, sein Geschlechtsteil zu kneten, sanft und geübt, sodass der Dackel die Ohren anlegte. Wolfram wandte sich schaudernd ab, blickte zu den Häusern auf der anderen Seite hinüber, während Carl meckernd zu lachen begann.

Nach wenigen Minuten schritt Wolfram allein die Gasse entlang. Carl hatte sich kurz mit einer schwarzhaarigen Frau unterhalten, hatte sie an die Brust gefasst, während sie lachend zurückgewichen war, hatte gestikuliert und geflüstert, bis die Dunkle beigedreht hatte, durch die halb offene Pforte ins Haus gegangen war, Carl auf ihren Fersen. Wolfram blieb vor einem wegbreiten Eingang stehen und blickte hinein, sah am Ende der Dunkelheit matte Neonschilder, hörte Stimmen und Musik, drehte sich zur Seite, ging wenige Schritte und lehnte sich an eine Hauswand, mitten zwischen Fenstern und Pforten. Genau gegenüber stand ein junges Mädchen, wunderschön, hellblonde Haare, Pony in der Stirn, dezent geschminkt, ein Bein gegen das Pflaster gestemmt, das andere angewinkelt, mit der Sohle an der Hauswand. Es trug ein knallgelbes Minikleid mit tiefem, trapezförmigem Ausschnitt, in den hinein sich feste, junge Brüste spannten. Das Mädchen blickte versonnen und rauchte schweigend. Als es Wolframs Blick auffing, lächelte es offen und herzlich, legte den Kopf neckisch zur Seite und winkte ihm mit den Augen zu, bedeutete ihm, hin zur nächsten Tür, hinauf in mein Zimmer. Und Wolfram spürte, wie sich sein Bauch spannte, der Rücken kalt und steif wurde. Er ging einen Schritt weiter, hastig, als hätte er Angst, stieß gegen jemanden, weil er verwirrt war, öffnete die Augen, sah wieder klar und blickte staunend in ein kaffeebraunes Gesicht mit lila Lippen.

Die dunkle Frau lachte schallend, öffnete den Mund, legte den Kopf in den Nacken, hielt Wolfram mit gestreckten Armen an den Schultern vor sich, schüttelte ihn leicht und sanft. Er staunte, denn eine farbige Schönheit in Griffweite war ihm noch nicht begegnet. Sie war üppig, aber keineswegs dick. Zwischen ihren fraulichen Brüsten glänzte ein Fleck aus Schweiß. Ihr Gesicht war rund, mütterlich lieb und anziehend zugleich. Um ihre Hüften hatte sie ein buntes Tuch geschlungen. Die Haut ihres flachen, festen Bauches bewegte sich hin und her um eine schmale Falte vom Bauchnabel abwärts. Oben herum hatte sie nichts an außer einem weißen Büstenhalter. Die Träger drückten ein wenig ins dunkle Fleisch. Wolfram starrte dorthin und spürte, wie ihn die fremde Haut erregte.

Die Frau drehte sich langsam um und schritt voran, schwang sanft in den Hüften, weich, aber nachdrücklich. Wolfram folgte ihr, als zöge ihn ein Magnet. Links durch eine Tür in einen schmalen, dunklen Gang, durch eine graue, unscheinbare Holzpforte am Ende des Ganges, in einen Raum, der nur von einer roten Glühbirne notdürftig erhellt war. Wolfram sah

116

ein schmales Eisenbett mit einer orangefarbenen Tagesdecke, daneben einen schlichten Nachttisch, Handtuch, auf einer Ablage Gummis. An den Wänden waren Fotos von nackten Frauen und kopulierenden Paaren angebracht, meist farbig, aber auch schwarz-weiß. Die Luft war schwer und süß, voller Parfüm und geschwängert mit einem Duft nach Weib, den Wolfram nicht benennen konnte. Die Frau legte den bunten Schal ab, den sie um die Hüften trug. Sie hatte nichts darunter, und Wolfram starrte auf das dunkle Dreieck auf der dunklen Haut. Sie setzte sich auf die Bettkante und klopfte mit der Hand, damit er sich ebenfalls setzen möchte. Er verharrte eine Weile, blickte in ihre braunen Augen, in ihren verschwitzten Ausschnitt, auf ihre vollen Lippen, setzte sich dann fast schüchtern neben sie, rutsche ein wenig, griff mit einer Hand nach ihrer Brust und knetete sie sanft. Sie blickte überrascht auf seine vorwitzige Hand, ließ ihn gewähren, lächelte, schaute ihm in die Augen, einen langen Moment, bis er spürbar vor Erregung bebte. Dann, völlig aus heiterem Himmel, stiegen Tränen in ihre Augen, begannen zu fallen, tropften auf ihre Brust, sodass Wolfram erschrocken die Hand zurücknahm. Dann zuckte ihr Oberkörper und sie schluchzte, leise erst, dann bemüht, nicht zu laut zu werden.

Wolfram nahm die Hand zurück, griff sein eigenes Knie, hielt es fest vor Verlegenheit, wand sich und versuchte, die Frau zu trösten. Sie schniefte, zog die Nase hoch, schluchzte noch ein paar Mal und begann dann, stockend zu erzählen. Sie sprach gebrochen Deutsch vermischt mit Englisch und Brocken einer sanft surrenden Sprache, die er nicht verstand. Sie schwang den Arm in einer weiten Bewegung, sprach und stammelte von dem heißen, herrlichen, weiten, entfernten, blutigen Land, das ihre Heimat gewesen war. Ein Kind war sie damals gewesen, kaum Brust und kaum Haare, als die jungen Soldaten sie aus der Hütte gezerrt hatten, weil sie einer Familie des ihnen verfeindeten Stammes angehört hatte. Mitleid überflutete Wolfram, wallte in seinem Magen, strömte in seine Hüften, und er ließ seine Hand, bewusst ohne Anspannung, an ihrem glatten, festen Oberschenkel nach oben in Richtung Bauch wandern, bis er die Festigkeit ihres Kraushaares spürte, und er vernahm nunmehr wie durch einen Wattebausch, was sich an Gräuel in jenem fernen Land ereignet hatte.

Sie erzählte hastig, fast ohne Pausen, mit stockendem Atem, wie sie vor der Tür der elterlichen Behausung zu Boden geworfen, getreten, geschlagen und ein ums andere Mal vergewaltigt worden war von Kindsoldaten mit riesigen Gewehren, manche von ihnen jünger als sie selbst. Als das Interesse an ihr nachgelassen hätte, wären Schüsse gefallen, und als sie sich trotz ihrer Schmerzen aufgerichtet hatte, hätte sie Unfassbares mit ansehen müssen, wie die Kinder mit ihren automatischen Waffen von Hütte zu Hütte gezogen waren, hineingeschossen hätten, gegen die Schreie und das Wimmern der Sterbenden, wie sich die Tür hinter ihr geöffnet hatte, ihr Vater herausgekommen war, einen Schwall Blut erbrechend, hinter ihm ihre kleinen Brüder, wie sie sich vor die Brüder geworfen hatte, die drei, die noch so klein gewesen waren, um sie mit ihrem Körper zu decken, wie sie, als alles nicht geholfen hatte, ihre Beine obszön gegen die Angreifer gespreizt hatte, um sich anzubieten, um abzulenken von den Babys und Kleinkindern, wie die Soldaten über sie gelacht hätten, über das benutzte, geschändete kleine Mädchen, wie die Eindringlinge ihre winzigen Brüder an den Haaren gerissen hatten, um die kleinen, schmalen Hälse freizulegen und die tödlichen Schnitte zu setzen, grauenhaft lautlos und unabänderlich, wie ein Schicksal, wie eine höhere Gewalt, und doch waren es nur ganz junge Soldaten gewesen, zufällig von einem anderen

118

Stamm. In dem Augenblick, in dem die drei Jungen auf der Erde gelegen hatten, in riesigen Blutlachen, die kleinen Gesichter stumm und leer, da hätte sie plötzlich eingesehen, dass alles so gekommen war, wie es hatte kommen müssen, dass es nicht an ihr, nicht an irgendeinem Menschen war, den Lauf der Dinge zu beeinflussen, denn der war unabänderlich. Was aber, fragte sie jetzt, in dem kleinen, schmuddeligen Zimmer, auf dem nicht mehr ganz sauberen Laken, Wolframs Hand an ihrer intimsten Stelle, was aber wäre gewesen, wenn die fremden Jungen von deren Stamm im Frieden gesandt worden wären, wenn sie damals die kleinen Krieger freundlich hätte begrüßen können, umarmen, vielleicht zärtlich küssen, ob dann ihr Vater, ihre Mutter und ihre drei Brüder noch am Leben gewesen wären, stieß sie heftig zwischen den Zähnen hervor, gegen die wieder aufsteigenden Tränen kämpfend, sie besiegend, schluckend und schluchzend, dann langsam entspannter.

Wolfram fühlte sich mies und schwach und zugleich auf eigenartige Weise erregt. Sein Bewusstsein war klar, seine Gedanken waren scharf und logisch. Ein riesiges Nichts fiel ihn an, senkte sich wie eine Klammer über seinen Kopf, wie er es so oft in Gegenwart von Mädchen und Frauen gespürt hatte. Das Nichts drängte ihn, zu töten. Er sah seine Hand im schummrigen Licht, wie sie auf der dunklen Scham lag, die sich auf dunkler Haut kräuselte, und ganz langsam und vorsichtig zog er sie zurück, bis sie in der Luft schwebte, hielt kurz inne, ließ sie weiter schweben, bis sie das runde, hübsche, braune Gesicht berührte und Zähren fortnahm, die sich auf den glatten Wangen stauten, bis sie barsten und rannen. Als sich die Frau halb abdrehte, um sich rücklings auf die Decke zu legen, stand er langsam auf, sich seiner Klarheit wohl bewusst und seines überlegten Handelns. Er rückte sein Hemd in die Hose, zog den Gürtel fest und huschte in einer Bewegung hinaus, atmete tief die Luft, die geschwängert war vom Moschus, Zigarettenrauch und Fusel.

Carl hatte die Hände tief in den Taschen seiner braunen Cordhose vergraben, stelzte mit gestreckten Beinen hin und her, spitzte die Lippen, pfiff, summte, blinzelte in die Morgensonne, blieb stehen, stiefelte erneut herum auf den Platten des Bahnsteigs, machte nach jeder dritten einen doppelten Schritt, stand unbeweglich und steif wie ein Soldat, als eine junge Frau mit einem Kinderwagen seines Weges kam, um sofort darauf seinen ziellosen Spaziergang  fortzusetzen. Wolfram hatte beide Beine weit ausgestreckt, sodass sie mit seinem Körper eine Linie bildeten, hing so auf einer schwarzen Metallbank, Schultern auf der Oberkante, nur den Kopf im Winkel vorgeneigt. Wohlgefällig betrachtete er zwei junge Mädchen, kurze, wippende Röcke, Brüstchen in grellen Oberteilen, Bäuche frei, die Augen Mascara verdunkelt. Sie lachten, bogen sich und drehten sich, blickten ständig nach allen Seiten, um sich zu vergewissern, dass sie auch beachtet und betrachtet würden. Beide hatten Taschen zwischen den Füßen, die eine braun, die andere quietschorange.

Der frühe Morgen erstarrte um sie herum in spätsommerlichem Glast. Über den geschwungenen Dächern der Bahnsteige spielte und flirrte die Sonne vor einem hellblauen Himmel. Wolfram legte den Kopf in den Nacken, öffnete langsam die Lider und ließ Stäbchen und Funken vor seinen Augen tanzen, wie er es seit seiner Kindheit getan hatte. Er versuchte, mit dem Blick einer gezackten Schlange zu folgen, die mit der Richtung seines Blickes zuckte und tanzte und sich nicht fixieren ließ. Carl fingerte eine Portionsflasche Whisky aus seiner Hosentasche, Jonny Walker, Red Label, drehte den knackenden Metallverschluss auf, warf ihn fort, musterte den braunen Inhalt des Fläschchens, setzte es an, legte den Kopf in den Nacken und leerte es, ohne einmal zu schlucken. Aus dem klirrenden Lautsprecher tönte eine Frauenstimme mit sächsischem Akzent. Auf dieses Zeichen hin begann der systemlose, längs der Kante gestreckte Haufen der Reisenden, zu erwachen, sich zu bewegen, lautlos raschelnd ineinander, hin und wider, hinauf auf den hellen Steinen, bis fast lautlos die riesige Röhre aus chromglänzendem Metall heran geglitten kam, sich auftürmte vor Wolframs Auge und behaglich zischend vorüber glitt, überlegen, voll unantastbarer Kraft, bis das Zischen schrill wurde und immer schriller und abrupt ab- brach, als wäre es nie gewesen, und nur die silberne Schlange zurückließ, von Horizont zu Horizont, parallel zur Bahnsteig- kante.

Carl wartete geduldig vor der silbrig glänzenden Schiebetür, bis sie sich knallend und zischend zur Seite schob und den Blick freimachte in das Innere der Röhre, Teppiche, Holz, Behaglichkeit, während Wolfram beide Hände auf seine Schultern gelegt hatte und sanft schob. Sie stiegen die Eisen- stufen hinauf, schoben sich hintereinander durch die auto- matische Glastür in den schmalen Gang, vorbei am ersten Abteil, dem nächsten, bis eines leer war, unbesetzt, dicke Sessel aus Leder, sie nahmen Platz, Wolfram in Fahrtrichtung am Fenster, Carl ihm gegenüber. Es pfiff und schrillte, Türen knallten dumpf und metallisch, und der Bahnsteig fing an zu schweben, zu gleiten, immer rascher, dann Häuser, Tafeln nah, in der Ferne eine Fabrik, sie waren unterwegs. Am Fenster vorbei schwebte das grüne und graugelbe, verwischte Band aus Bäumen, Sträuchern, Straßen und Feldern. Es war kühl im Abteil, obwohl das Flirren der Sonne draußen greifbar schien. Dann wurde die Fahrt langsamer, es ruckte, hässliche Gebäude einer Industrielandschaft rasten vorbei, ein Bahnhof, Halt. Carl starrte aus dem Fenster und ließ seinen Blick nicht von einer jungen Chinesin, weiße Hose, schwarzer Blazer, Ledertrolley, kein Höschen unter der Hose, wie es schien. Wolfram hatte eine Gruppe von Schülerinnen und Schülern im Blick, musterte genauer ein junges, dunkelhaariges Mädchen, elf oder zwölf Jahre alt. Als sie seinen Blick bemerkte, wandte sie sich ihm voll zu, schob die Hüften nach vorn und formte ihre Hand, als hielte sie einen kräftigen Gegenstand, bewegte dann die Hand in Hüfthöhe, imitierte einen onanierenden Mann, formte den Mund zu einer runden Öffnung, riss die Augen auf. Wolfram erschrak, drehte sich rasch um, blickte auf die Abteiltür, die sich aufschob. Herein drängte eine große Frau in Jeans und kariertem Hemd mit einem absurden Pferdegebiss und fettigen, durch ein Gummiband in einen Zopf gezwungenen, langen, dunklen Haaren. Auf der vorgereckten Körperseite trug sie einen kleinen Jungen, der verheulte Augen hatte und mit einem Finger in seinem kleinen, rosigen Mund herumstocherte.

Wolfram sah die Mutter mit dem Kind an, seufzte, rutschte nach vorn, zum Gang hin, streckte die Beine aus, die Frau setzte sich ans Fenster, hielt das Kind so sanft im Arm, als hätte es Zahnschmerzen. Der Kleine hatte rote Pausbacken und sabberte. Wolfram schob sich angeekelt zur Tür hinaus auf den schwankenden Gang, stützte sich am Fenster ab, ging an Abteilen vorbei bis zur Toilettentür. Der Balken im Schloss leuchtete Grün, und er stieß die Tür auf, die zurückschlug und dann unentschlossen schwankte, ging hinein, drehte den Knebel im Schloss hinter sich und betrachtete sich im metallenen Spiegel in Augenhöhe. Es gefiel ihm nicht, was er dort sah, sein rotes, verquollenes Gesicht mit den Stoppeln und der zu fleischigen Nase über dem roten Kragen des Shirts.

Er fummelte in seiner linken Hosentasche, fand, was er suchte, zog es hervor. Es war eine Miniflasche Wodka. Dankbar schob er den engen Hals durch die Öffnung seiner Lippen, kippte, schloss genießerisch die Augen, schluckte, spürte die Wärme des Alkohols, fühlte sich befreit und erleichtert, fast euphorisch, knallte die kleine Flasche in den Behälter für die Papierhandtücher, riss die Tür auf und stieß um ein Haar mit einem alten Mann im dunklen Anzug zusammen. Der hatte trotze der Hitze den Kragen unter der dezenten Krawatte geschlossen, die Weste zugeknöpft. Er machte auf Wolfram den Eindruck, er trüge einen Gehrock und wäre mit jenem Maß an natürlicher Würde ausgestattet, nach dem er selbst sich sein Leben lang gesehnt hatte.

Der Mann stützte sich mit beiden Händen weit und gespreizt an Fenster und Wand ab, den Körper zu den Händen geneigt, die Füße weit auseinander, stand starr und vom ruckelnden Zug geschüttelt, anstatt zu federn. Er blickte unter dem wirren, feuchten, strähnigen, graublonden Haar zu Wolfram hinüber, den Kopf gesenkt, den Blick von unten schräg nach oben gerichtet, aus den Augenwinkeln. Wolfram erschrak, als er die Augen sah, die leuchteten, als wären sie aus Smaragd. Das musste er sein, der berühmte Volksschauspieler. Er trat vorsichtig einen Schritt näher, wollte zufassen, den Arm greifen, behilflich sein. Aber der Mann wehrte mit dem Arm in seine Richtung ab, die Handfläche nach oben gedreht. Als alter Affe wäre er gewohnt, sich selbst durch Zuggänge zu ziehen, prustete er mit seiner unverkennbaren Stimme, schob sich weiter, zog die Beine in absurd unrhythmischer Weise nacheinander unter seiner mächtigen Gestalt her und nach vorn, schob die Glastür zum nächsten Wagen auf, drehte und wand sich unbeholfen und war dann verschwunden. Wolfram stand ehrfurchtsvoll starr, ging dann langsam zu der Glastür, schlich förmlich über die Verbindungsbleche, die sich im Rhythmus der Fahrt bewegten, starrte in den anderen Wagen und sah ihn da sitzen, groß, majestätisch, fast elegant jetzt, mit den leuchtenden Augen. Er strich sich das Haar aus der Stirn zurück, warf den Kopf lachend in den Nacken und griff nach der Hand einer hübschen, dunkelhaarigen, jungen Frau, die neben ihm saß, ebenfalls mit dem Rücken zur Fahrtrichtung.

Von Abteil zu Abteil sah er die Reisenden. Ein junges Mädchen schlief mit offenem, kirschrotem Mund, in der losen Hand ein aufgeschlagenes Buch, den Kopf gegen das Rückenpolster, seitlich an dessen Wange gelehnt. Ein alter Mann in Hosenträgern über dem gestreiften Hemd saß steif und steil aufgerichtet mit durchgedrücktem Kreuz ganz vorn am Rande seines Sitzes. Er fuchtelte wild mit einer Hand, während er ununterbrochen auf die alte Frau ihm gegenüber einzureden schien, ein graues Tantchen in grauem Kostüm, gekrönt von einem schwarzen Topfhut. Ein riesiger junger Mann in dunkelblauem Anzug blickte angestrengt auf den Bildschirm seines Laptops, hielt den Computer auf seinem Schoß mit einem Unterarm umfangen wie ein Baby. Dann das eigene Abteil, Carl mit künstlichem Grinsen neben der Gardine an der Scheibe zum Gang, auf Wolframs Platz der Vater, neben ihm ein freier Platz, dann die lange, fahlblonde Mutter mit dem Knaben auf dem Arm, den sie sachte wiegte, während er schlief.

Kaum hatte das Kind die Augen geöffnet, drehte und wand es sich aus dem Arm der Mutter, krallte sich mit klebriger Hand fest und stützend an ein Knie Carls, eine unschöne Spur hinterlassen, rannte zur gläsernen Abteiltür, um mit der flachen, schmutzigen Hand gegen das Glas zu klatschen, wischte und spuckte, während Vater und Mutter sich voller

Verständnis anblickten, leiser Stolz in den Gesichtern, im stoppelbärtigen, grauen Gesicht des Vaters und um die mächtigen Pferdezähne der Mutter herum, die keine Anstalten machte, den Spross wieder einzufangen, die ihre große, runde Hornbrille in die Stirn schob und dann ganz hinauf ins Fahle, fadenscheinig blond und strähnig schimmernde Haupthaar, das hinter dem Knopf in dem fadenscheinigen, blassen, unansehnlichen Zopf mündete.

Angewidert erhob sich Carl, blickte auffordernd zu Wolfram hin, winkte mit den Augen und schob mit einem Schwung die Abteiltür auf, dass es knallte. Wolfram schlich hinterher, nickte den stolzen Eltern besänftigend zu, schloss die Tür und stellte sich neben Carl ans Fenster, vor dem eine flache, weite, spärlich bewachsene, grüne Landschaft vorbeihuschte mit dichten Bäumen und fernen Masten, Sonnenkollektoren auf einem alten Fachwerkhaus. Ein hübsches Mädchen in dunkelblauer Uniform rollte einen Wagen den Gang entlang. Sie drückten sich gegen das Fenster, das Mädchen lächelte dankend mit einem weichen, vollen, rosafarbenen Mund unter einer Stupsnase und leuchtend hellen Augen, deren Farbe Wolfram nicht zu bestimmen vermochte.

Sie schob die Getränke auf dem Wagen durch die Verbindungstür und war fort, bevor Carl seine Gedanken gesammelt hatte. Wolfram lachte und zog ihn fort, den Gang entlang, durch einen Großraumwagen, an Abteilen vorbei bis hin zum Speisewagen. Auf der rechten Seite gab es eine Reihe von Zweiertischen, die alle besetzt waren, einem hellen Holzverschlag gegenüber, aus dem Küchenlärm klang. Die Sperrholzwand öffnete sich zu einem Tresen, der die Küche von den Sitzgruppen trennte. Sie nahmen an einem Vierertisch Platz, saßen sich gegenüber, hinter ihnen eine Gruppe von

Schweizern, deren ungewohnter Akzent sich für Wolfram anhörte, als wären sie stark erkältet. Der Kellner kam mit beflissenem Lächeln, Speisekarten in der Hand, ein Tuch in der anderen, mit dem er über die Tischplatte wischte. Sie bestellten Leberkäse mit Bratkartoffeln und Bier, lehnten sich zurück und harrten der Dinge. Carl betrachte die Schweizerin mit den beiden Männern zunächst skeptisch, dann missbilligend und schließlich voller Hass, denn sie hatte sich eine Zigarette angesteckt und blies den Rauch in Carls Richtung.

Sie hatten Hunger und kauten und schlangen das kalte Gericht hinunter, fast im Gleichklang, tranken Weizenbier, starrten aus dem Fenster, schwiegen. Carl ließ die zierliche, dunkelhaarige Bardame nicht aus den Augen, Wolfram vertiefte sich in den Fahrplan des Zuges, rechnete, sann, rechnete erneut, bis er bemerkte, dass Carl bezahlt hatte und sich noch eine Flasche Bier kommen ließ, um sie ins Abteil mitzunehmen. Am kurzen Holztresen mit dem Bistrotisch standen vier betrunkene Männer in Schalke-Fankleidung. Einer hieb mit dem Boden seiner Bierflasche rhythmisch auf die hölzerne Tischplatte und grölte. Ein Zweiter blies den Rauch an seinem Gesicht aufwärts und vor seinen Augen in Richtung Stirn, blickte zugleich verdreht und müde. Carl strich auf Tuchfühlung an den Männern vorbei, schubste und stieß, wollte unbedingt Streit, aber sie reagierten nicht. Also wartete Carl, bis die Glastür zum nächsten Wagen aufsprang, schritt hindurch, das Wackeln des Zuges leicht in den Knien auffangend, Wolfram folgte ihm. Sie fanden ein leeres Abteil ohne Kleidungsstücke und Gepäck und nahmen erleichtert auf den beiden Sitzen am Fenster Platz, schwiegen, blickten hinaus auf die sanften, grünen Hügel, auf die Weiden und die vorüberhuschenden Haine und Weiler und Tannenwäldchen, stramme Buchen, vom Sturm geknickte Randkiefern, Kühe auf einer Weide und ein Pferdepaar, Hals an Hals, in inniger Umarmung, wie es Wolfram schien, ein flüchtiges Bild voller Harmonie, aber in der Sekunde vergangen, in der es stockdunkel wurde, der rasende Zug in einen langen Tunnel zog, schlingernd und wimmernd, als wollte nie mehr auftauchen.

Abrupt schoss das Sonnenlicht in das Abteil, überstrahlte den Himmel, sodass er schlierig grau vor Wolframs Augen waberte, bis sich sein Blick festigte, aus dem rasch zerrenden Nebel hin zu Wolken an hellblauen Gestaden und grünen, fliegenden Wiesen mit Bachläufen, Weihern und Gehöften und heimeligen Wäldchen, wie er sie aus seiner Kindheit kannte, Eichenhainen, Mischwälder, in denen es nach Pilzen duften mochte, Birken in dichtem, engen, hohen, lichten Verbund. Wolfram schloss die Augen, war tief berührt von den Bildern, spürte Tränen hinter seinen Lidern, wischte sie rasch und in einer hastigen Bewegung fort, damit Carl sie nicht sehen mochte, Carl, der ihm hart schien, unbeeindruckt von schwächlicher Weinerlichkeit und rührseligem Erinnern, und Carl starrte durch die Glasscheibe hinaus auf den Gang. Wolfram folgte seinem Blick und sah einen alten Herrn in heller Sportjacke vorüberschieben, einen schweren Koffer auf Rollen im Schlepp, dunkle, quadratische Brille auf der Nase, entschlossener Blick, stur geradeaus, gefolgt von einer zierlichen, dunklen, nervösen jungen Frau, Block in der Hand wie zum Schutz, den Kopf in den Nacken geworfen, dem Herrn auf den Fersen. Kaum war die Szene vorüber, tauchte der Mann von der anderen Seite wieder auf, öffnete mit einem entschlossenen, festen Zug die Abteiltür, wandte sich seitlich und rücklings hindurch, zog seinen Riesenkoffer hinterher und ließ sich auf den Ledersessel plumpsen, der entgegen der Fahrtrichtung zunächst am Gang lag, streckte die Beine von sich, faltete die Hände über dem Bauch, warf den Kopf mit den schütteren Haaren gegen die Nackenstütze und erstarrte, als wartete er ab. Durch die offene Tür schritt ebenso hastig wie geziert die Hübsche, immer noch den Block als Schutze vor den Brüsten, die Carl anerkennend musterte. Aus einer schwarzen Umhängetasche, fast schräg unterhalb ihrer Weiblichkeit, zog sie einen dunklen Stift, einen Kugelschreiber, deutet auf den Block und erklärte dem alten Herrn übertrieben ruhig und dennoch atemlos, dass dies die erste Klasse wäre, er indes nur eine Karte für die Zweite besäße, also sich am falschen Platz befände.

Der alte Herr lehnte sich zurück, schob die Brille hoch und verschränkte die Unterschenkel, bevor er bedächtig und mit gesetzten Worten antwortete. Er wäre schwerbehindert, erläuterte er, man hätte ihm einen Platz in diesem Abteil zugewiesen und betont, dass es für ihn einerlei wäre, ob er in der ersten oder der zweiten Klasse Platz nähme, das hätte der Fahrdienstleiter ihm gesagt, das glaubte er, deshalb würde er seinen Platz nicht freiwillig räumen. Das Mädchen rollte die Augen, blickte gen Himmel, seufzte, schloss die Abteiltür und ging fort.

Wolfram hatte so getan, als verfolgte er die Szene nicht, Carl hatte abwechselnd auf den Busen, die Beine, das Gesäß und das Gesicht der Frau gestarrt. Jetzt blickten sich die beiden Männer an und drehten ihre Köpfe fast gleichzeitig zum Gang hin, neben dem der neue Abteilnachbar saß. Der hatte die Beine ausgestreckt, die Füße übereinandergelegt, wippte mit den Zehen, grinste lausbübisch über das ganze Gesicht, sodass es glatt wurde, rötlich um die Wangen und faltenlos, summte ganz leise und genoss den Nachklang seines Auftrittes. Dann drehte er sich in einer einzigen Bewegung zu den beiden Freunden um, in einem fließenden Drehen aus der Schulter, locker, beherrscht und selbstbewusst und ohne eigentlichen Ruck, öffnete halb den Mund, schloss ihn wieder, setzte zum Reden an und fragte schließlich, ob er störte. Wolfram winkte ab und Carl schüttelte den Kopf. Dann begann der Fremde, zu erzählen. Er sprach von seinem Sohn, bereits älter als die beiden Zuhörer, der sich derzeit am Amazonas befände auf einer Expedition als Wissenschaftler. Er sprach von seinen Aufenthalten zur Fortbildung im südlichen England, schwärmte von der Liebenswürdigkeit der Leute dort und dem deftigen ländlichen Essen. Er berichtete packend und amüsant, stets hellwach und im Zusammenhang. Großaktionär einer Computerfirma wäre er gewesen, hätte sich viel unterwegs befunden, auf Reisen, oft ins Ausland, mit 70 Jahren noch in den Tropen. Sie glaubten ihm jedes Wort, denn er überzeugte, bewies ein umfangreiches Wissen um geschichtliche Daten und wissenschaftliche Entwicklungen, und Wolfram und Carl waren soweit gebildet, dass jeweils einer von ihnen das Gesagte überprüfen konnte, weil es in sein Fachgebiet fiel.

Es verging eine halbe Stunde, und der alte Herr sprach ohne Pausen. Seine Aktien hätte er jetzt abgestoßen, es wäre ihm zu lästig geworden, ständig die Kurse zu kontrollieren. Der Zug rauschte durch einen kurzen Tunnel. Noch einmal Dunkelheit, kurze Stille im Abteil außer dem Wimmern und Kreischen des Zuges. Dann flog eine kleine Stadt am Fenster vorbei, auf einer Wiese vor dem Ort ein großes, orange, rot und weiß leuchtendes Zirkuszelt, Abrisse von vorbeistürzenden Menschen, Gesichtern als Schemen und Flecken vor dem rasenden Band der Hintergründe. Carl blickte Wolfram an, der nickte unmerklich. Jetzt schilderte der alte Herr mit glänzenden Augen seine gute Ehe, sprach von seiner Frau, die ihn vor einem Jahr verlassen hätte, die so glänzend und fantasievoll formulieren konnte. Wieder brach Dunkel durch das Fenster, über die Sitze und Lehnen und Stützen und Netze und die raschen Schatten. Eine geraume Zeit währte diese Tunnel-Finsternis. Als es hell wurde, lag der alte Mann mit verdrehtem Kopf auf zwei Sitzen, über die Armlehne hinweg gestreckt. Die Augen in seinem Gesicht waren weit aufgerissen, die Zunge ragte schräg und schlaff aus dem geöffneten, trockenen Altmännermund. Seine Jacke war verrutscht, die Hose am Bund aufgerissen. Carl und Wolfram hatten das Abteil verlassen.

## Mit dem Schiff unterwegs

Gischt flockte weiß auf den grauen und blauen Wellen im Hafenbecken. Kreischende Möwen stürzten aus dem Himmel auf die Wasseroberfläche, segelten, stoppten, landeten, schimpften und hoben ab wie kleine, elegante Flugzeuge. Wolfram war vom Parkplatz aus hinter die Reihe der Taxen gegangen, die unmittelbar am Wasser standen, nur durch eine rosteiserne Metallwand und einen schmalen Asphaltweg getrennt vom Zugang zum Hafen, zu unermesslichen Weiten und von Sehnsucht schwangerer Ferne. Links von ihm lag das riesige, weiße Schiff. Er sah den Schriftzug mit dem gestelzt altmodischen Namen, sah, dass ein früherer Name nicht sorgfältig genug überpinselt war. Rostflecken am Rumpf, mächtige eiserne Ketten, gesprenkelt mit braunen Flecken. Genau mittschiffs tat sich ein schwarzes Loch auf, wurde größer und größer, als eine schwere, metallene Klappe sich mehr und mehr hob. Eine einfache Gangway wurde hinübergeklappt zum Kai, schlug polternd auf. Ein dunkelhaariger Mann in einer schneeweißen Uniform kam aus dem Bauch des Schiffes, blieb eine Weile auf dem Metallsteg stehen, nahm seine Mütze ab, wischte sich mit dem Hand-

rücken über die Stirn, denn es war warm in der Spätsommer-
sonne, winkte dann mit beiden Händen über angewinkelten
Armen. Ein Gabelstapler fuhr auf ihn zu, der eine Palette an-
gehoben hatte und vor sich hertrug, die über und über mit
Rotkohlköpfen beladen war.

Carl kam hinzu. Er hatte eine Flasche Bier in der Hand, kühl
und grün, und er schnaufte, denn er war vom zweiten Stock
des Terminals herunter geeilt, durstig und ungeduldig. Mit
nervös zuckender Hand stieß er nach vorn, halb links, wieder
nach vorn. Wolfram zögerte, blickte, sah die Frau, weiße
Uniform, enge Hose, knappe weiße Bluse, auf dem Kai, in
Rufweite, neben den metallenen Bierfässern, die soeben verladen wurden. Die dunkelhaarige Hübsche drehte sich und
wandte sich vor den Augen der Hafenarbeiter und der anderen
Offiziere, die das Schiff verlassen hatten, um festen Boden
unter den Füßen zu spüren, während Salatkisten, Paletten mit
Wasser, Kartoffeln im Rumpf des Schiffes verschwanden.

Im ersten Stock des Terminals herrschte ein dichtes Gedränge.
Wolfram saß auf einer Bank mit metallenen Sitzen und beobachtet einen großen Holländer mit schwarzem Hut, der
übertrieben aufrecht vom Ende der Rolltreppe auf die Reihe
der Wartenden zuschwebte, als wäre er in einer Ballettauf-
führung. Carl starrte einer üppigen Blondine aufs Hinterteil,
die sich an einer roten Kordel zu schaffen machte, der Ab-
sperrung der Gangway. Überraschend drehte sich die Frau zu
ihm um und lächelte ihn an, woraufhin Carl fassungslos
zurückstarrte. Dicht gedrängt schoben sich die Kinder, Greise,
Männer und Frauen über die metallene Schwelle und auf den
metallenen Steg, vorbei an einer schwitzenden Frau in weißer
Bluse, die das Gepäck entgegennahm, um es zu röntgen. Ein
Mann in blauer Uniform ließ sich die Pässe reichen, blickte

jedem einzeln aufmerksam ins Gesicht, während ein junger Bursche und eine junge Frau in Kakihemden, mit Maschinenpistolen in den Ellenbeugen, die Gäste musterten. Auf dem anderen Ende der Gangway, bereits an Bord des Schiffes, im engen und teppichverkleideten Eingangsbereich, hatte sich ein kleines Empfangskomitee aufgebaut.

Mit den meisten Goldstreifen geschmückt war ein kräftiger, untersetzter, kleiner Mann mit rotem, pausbäckigen Gesicht und breiten, schweren Schaufelhänden. Er verneigte sich immer wieder, ein wenig verlegen, mit seiner Unbeholfenheit kokettierend. In dunkelblauem Rock, nicht zu kurz und nicht zu lang, in weißer Bluse mit dunklen Schulterstücken eine schlanke, sportliche Frau, Brille, kurz geschnittenes, adrettes Haar, roter, schmaler Mund mit einem eingefrorenen Lächeln. Wolfram stolperte, als er sich auf ihrer Höhe befand. Sie griff kurz und kräftig zu, beugte ihren Oberkörper nur eine ganz kleine Spur nach vorn dabei, fasste seinen Oberarm, zog ihn hoch und hielt ihn fest, veränderte ihr Lächeln um keine Spur, ließ ihn los und wandte sich den nächsten Gästen zu. Carl trabte hinterdrein, blickte abenteuerlustig um sich. Weiter hinten, im Empfangsbereich, stand eine bunte Reihe von kleinen, lustigen Frauen, die sich drehten und kicherten, die schwatzten und trippelten. Es waren die Kabinenstewardessen. Daneben vier junge Damen, drei dunkle Typen, schwarze Haare, braune Augen, blaue Westen, Knotenfrisuren, fast uniform, übertrieben hübsch mit auffälligem Make-up. Die Zweite von rechts war eine aparte Rothaarige, grüne Augen, Sommersprossen, zwei Knöpfe der weißen Bluse unter der Weste geöffnet, dahinter zwei schneeweiße, feste, kleine Brüste, unglaublich erotisch. Carl hielte vor ihr an, während die Dunklen ihn musterten, dunkelrote, halb geöffnete Lippen, blitzend weiße Zähne. Er blickte in die unendlichen Tiefen der schmalen, grünen Katzenaugen, dann in die Abgründe des Büstenhalters, schluckte, strecke in einer geraden Bewegung Unterarm und Hand aus, erschauerte, als er die warme Innenfläche ihrer Hand in der seinen spürte, verbeugte sich kurz und zackig, ließ los und schritt benommen davon, nicht wissend, in welche Richtung er ging und in welche er gehen sollte. Bis Wolfram ihn eingeholt hatte, am Arm fasste und zu einem Gange schob und zog und hinein, an Türen links und rechts vorbei, an offenen Türen, hinter denen Kabinen zu sehen waren und durch eckige Fenster die Weite des Meeres.

Wolfram lag ausgestreckt auf seinem Bett, weit mehr als eine Koje, komfortabel, weich, aber in ständiger Bewegung mit den Streckungen und Wendungen des Meeres, denn sie waren weit draußen auf dem Atlantik, knapp über der Bucht von Biskaya. Das Bett von Carl stand in einem rechten Winkel zu seinem, am Kopfende ein Radio auf einem kleinen Tisch, eine Ablage mit Bierflaschen, Keksen und Zeitungsblättern. Es begann fast unmerklich, dass sich die weichen Schlingen des Meeres zu mehr mauserten, zu flachen, heftigen Stößen, zu alles umgreifenden Bewegungen, die Wolfram nicht wahr haben wollte, nicht hier, nicht an diesem Tag, an dem er so angenehm und gut gespeist hatte, verwöhnt von der Weinkellnerin Lydia, verwöhnt von dem Mahl, das sich in ihm regte, als die Bewegungen des Schiffes langsam fester wurden, härter, zugreifender, bis sie sich verschmolzen mit dem Lärm kreischenden Metalls und rasender Mechanik, bis sie tobten und schrien, nachließen, anhuben, nachließen, anhuben, schrien und gellten und warfen und quälten und taumelten. Carls Kopf war unter der Decke verschwunden. Aber in der Mitte des Bettes, da hob sich sein Leib, wand sich empor, langsam und gleichmäßig, erreichte eine feste Höhe, verharrte, fiel herunter, wie ein Sack, ruhte, und stieg wieder empor, sekundenlang, dann Minuten, Stunden, eine Nacht, ein halber Tag und dann noch einer.

Lissabon an einem stahlblau-heißen Spätsommertag. Unter dem metallenen Denkmal einer einmotorigen Flugmaschine, den berühmten Turm der Seefahrer in Sicht, rekelte sich Wolfram auf dem kurzen Rasen, olivgrün, trocken knisternd. Carl saß nur wenige Schritte entfernt unter einem mächtigen Feigenbaum, hatte die Beine lang ausgestreckt, auf denen die braunäugige Eisverkäuferin saß, die ihnen kurz zuvor kein Eis hatte verkaufen können, weil die Kühlung ausgefallen war in ihrem schmalen, bescheidenen Stand, eine echte Katastrophe. Dann rutschte sie ein wenig hin und her auf den strammen Oberschenkeln von Carl, zupfte an ihrem Rock, lächelte scheinbar scheu, sprach in langen Sätzen, obwohl sie wusste, dass sie nicht verstanden wurde. Dafür streckte Carl seine Hand aus, griff zu, hielt fest, liebkoste, summte dabei wie ein Kind, während Wolfram hin und wieder dem Schatten folgte, den das erstarrte Flugzeug warf. In seinem Kopf drehte sich etwas, was er nicht benennen konnte. Glutsonne, Grün, heißer Atem, die weißen Perlen der Gischt auf metallenen Wellen, die vorbeizogen, in die Vergangenheit schlüpften und in die Ferne und Zukunft zugleich. Hinter seinen Lidern wogte der Sommertag in grellem Rot und gelben Blitzen. Er roch fremde Gewürze und zugleich heimisches Getreide und das schrille Kichern der Eisverkäuferin brach sich an seinen Schläfen, wollte hinaus, konnte nicht, bis er aufsprang und lief, auf den Turm zu lief, was seine Beine hergaben, bis er nicht mehr atmen konnte und auf dem Schotter des Weges in die Knie sank und sich übergab.

Der Aufgang im Treppenhaus des riesigen Schiffes schwankte, als er aus dem Fahrstuhl stieg. Vor der Tür wartete der englische Bootsoffizier, mit dem er am Vortag Brüderschaft getrunken hatte. Sie stiegen die Treppen empor, die breit waren, aus wertvollem Holz gearbeitet und mit dicken Teppichen belegt. Die Handläufe glänzten satt und vornehm in gedecktem Messing. Vor einer Tür, die sich üblicherweise nur Mitgliedern der Mannschaft öffnete, hielt Wolframs neuer Freund Denis an, drehte sich breit grinsend halb um, winkte ihm, schob und trat hinein ins helle Licht der afrikanischen Sonne, die aus einem unwirklich blauen Himmel durch die vielen Fenster auf die Brücke knallte. Der Kapitän, ein vierschrötiger kleiner Russe aus Odessa mit rötlichem Gesicht, blickte die beiden an. Außer ihnen waren noch drei Offiziere im Raum, ein Deutscher und zwei weitere Russen. Denis öffnete die weiße und mit einem roten Kreuz versehene Tür eines Schrankes in Augenhöhe. Wolfram sah nicht, was er enthielt. Der Kapitän kam hinzu, streckte seine Hand aus, Wolfram schlug ein und der alte Seebär schüttelte sie mit aller Kraft und ausdauernd.

Denis hatte, eines nach dem anderen, ein halbes Dutzend völlig unterschiedlicher Gläser aus dem Medizinschrank genommen und auf die hellbraune Planke unter dem schmalen Fenster gestellt, durch das man auf die überwältigende Weite der See schauen konnte. Aufgereiht wie an einer Schnur standen Senfglas neben Bowmore-Whisky-Werbeglas und Sektschale neben Becks-Bierglas. Die Gläser klirrten leise, als sich das Schiff unter der Kraft der Schraube bebend gegen die Wellen stemmte, die lang und hoch aus Westen auf sie zuliefen, vielleicht schon den Golf von Mexiko gesehen hatten, wie es Wolfram durch den Kopf schoss. Denis hielt eine Flasche Angostura in Hüfthöhe, mühte sich, den Verschluss aufzuschrauben, was ihm schließlich gelang, nachdem er kräftig geflucht hatte. Er füllte in jedes Glas einen guten Schluck, verschraubte die Flasche, stellte sie zurück in den Schrank, nahm dann ein Glas nach dem anderen hoch, schwenkte es, bis die Flüssigkeit Boden und Wände ausreichend benetzt hatte, und schüttete das Überflüssige auf die Bodenplanken. Schließlich zauberte er eine Magnumflasche Gin hervor und füllte die Gläser, jedes bis zum Rand. Das wäre, rief er Wolfram ins Gesicht, das Getränk der britischen Marine, deshalb hätten sie bei den Falklands die Argentinier verhauen, ohne selbst Schmerzen zu empfinden, das wäre eben Pink Gin. Die Wachoffiziere kamen hinzu, der Kapitän hob das größte Glas, blickte selig darüber hinweg in die Ferne des Atlantiks, reckte seine Schultern unter den Epauletten, setzte das Glas an die Lippen und leerte es mit einem mächtigen Schluck, stieß pfeifend den Atem aus, sprach einige kräftige Worte in russischer Sprache und wandte sich wieder dem Bildschirm zu, über den ein Radarstrich kreiste.

In der folgenden Nacht lag Wolfram lange wach, lauschte auf die tiefen Atemzüge seines Freundes und pflegte seine wachsende Furcht vor einem neuen Orkan. Er horchte auf das Wummern der Schiffsdiesel, versuchte, mit seinem Körper den Bögen und Schwüngen zu folgen, die Gesetze vorauszuahnen, nach denen sich der riesige Leib des stählernen Schiffes auf den Wellen des Ozeans scheinbar wohlig und voll Behagen wälzte und ächzend wand. Aus einer schrecklichen Starre heraus hob sich seine Koje langsam und vorsichtig mit seinem Körper empor, verharrte ganz kurz, neigte sich nach vorn, seitwärts, stieg erneut, hielt inne, krachte zurück, sodass Wolfram das Beben der metallenen Wanten spürte.

Er war starr vor Müdigkeit, jedoch unfähig, in den Schlaf zu finden. Immer wieder kroch bleierne Angst aus seinem Unterbauch zu seinem Solar Plexus, schwappte gegen sein Herz mit dem Vibrieren und Stampfen des Schiffes, bis sein Geist und sein Körper gelähmt waren und nur wenige Gedanken hinter seinen geschlossenen Augen hin und her sprangen wie stiebende Funken. Angstverzerrte Gesichter tauchten vor ihm auf, schrecklich aufgerissene Augen, Münder mit hervorquellenden Zungen, Wortfetzen taumelten um seinen Verstand, Bitten um Gnade, um Leben, obszöne Angebote im Tausch gegen ein Verschonen, er hörte Knöchelchen in einem Genick knacken und dann berstend brechen. Kalter Schweiß lief von seinem Gesicht, von seinem Hals, und Wolfram war völlig gelähmt, konnte noch nicht einmal einen Finger rühren.

Carls Gesicht näherte sich dem seinen. Ein blutroter Lippenstrich auf einem Rund aus weißer Kreide, augenlos, fahl im schwachen Licht der Kabinenlampe. Der purpurne Strich öffnete sich zu einem Oval, zu einem Kreis, bebte, doch Wolfram vernahm keinen Laut. Nach einem unendlich langen Moment griff Wolfram zu, packte den Hals, zog und zerrte den schweren Körper hin und her, zu sich herunter, seitwärts, auf den Boden, kam darauf zu liegen, griff noch fester, ließ nicht los, würgte lautlos, bis er bewusstlos über Carl lag, die Beine gespreizt, den Kopf auf des leblosen Carls Schulter, erstarrt in einem schrecklichen und doch lustvollen Krampf.

Wolfram erwachte erquickt, als hätte er einen langen, traumlosen, kindlich festen Schlaf hinter sich. Er schob den starren Körper von sich fort, kniete, erhob sich, tastete nach dem Lichtschalter, fand ihn und schloss die Augen in dem gelbwarmen Schein der Deckenlampe. Eine Koje vor ihm, eine neben ihm, die Jachtuhr, der feste Teppich. Stöhnend richtete er sich auf, schwankte ein wenig mit dem Schiff, stieß die Badezimmertür nach innen, zwängte sich in die enge Kabine, hängte sich über die Toilette und erbrach sich. Es machte ihm nichts aus, und es war schon gar nicht, als hätte er einen Rausch überstanden, sondern ganz folgerichtig und natürlich als sei es eine Reaktion seines Leibes auf dieses unablässige Geschaukel. Er drückte den Knopf der Vakuumspülung und spürte das Knallen hinter seinen Schläfen. Dann ging er gebückt zur Kabinentür, drehte sich nicht um, trat hinaus auf den scheinbar endlosen Gang, Kabine an Kabine. Es war düster auf den Gängen so früh am Morgen. Atemmasken schimmerten blassgrün. Alle Türen waren verschlossen. Durch den dünnen Kunststoff drangen Geräusche von schlafenden Menschen, Schnarchen, Stöhnen. Wolfram ging weiter, bewunderte seinen seemännisch wankenden Schritt, bog am Ende des Ganges ab und ging auf den mächtigen Empfangstresen zu, hinter dem eine glutäugige Schönheit saß mit langem Haar und flachem Busen, bekleidet mit der hell und dunkelblauen Uniform der Reederei. Sie las in einer Zeitschrift und schien zu Tode erschrocken, als er auf sie zusteuerte, schwankend im Wiegen und Taumeln des Schiffes.

Sie starrte auf sein bleiches Gesicht, das er zu einem künstlichen Grinsen verzerrte, wollte aufspringen, ihn stützen, ihm einen Sessel anbieten, aber sie blieb regungslos, den grellroten Mund aufgerissen, sprachlos vor Angst und Entsetzen. Er drehte sich um und stakste zum teppichbezogenen Aufgang, hielt sich am glänzenden, messingfarbenen Geländer fest, zog sich hoch zur nächsten Treppe, unter den maritimen Bildern und Andenken schritt er mühsam und gespreizt dahin, über den Absatz, weiter zu den nächsten Stufen. Er blickte auf die Tische und Sessel der Lounge, ohne zu sehen, ohne zu wissen und zu denken. Eine schwere, weiße Eisentür drückte er in den quietschenden Angeln gegen den Sturm, der von den Azoren her über den Ostatlantik in den Golf von Biskaya stieß und wütete, sodass der Kreuzfahrer, auf dem Weg zurück in seinen Heimathafen, wie auf der Hinfahrt tobte und tanzte und schrie, wenn eine gischtige Woge über dem Vordeck hereinbrach. Eine steile, taumelnd tanzende Stahltreppe führte hart an der Reling hinauf zur Brücke. Wolfram zog sich am Handlauf hinauf, vor den Augen das gute, runde Gesicht des russischen Kapitäns, irgendwie vertraut, fern und unklar an eine Verwandtschaft erinnernd, das ihn sanft und verständnisvoll anlächelte, fast brüderlich. Aber das war der Schuldige. Der hatte ihn und Carl auf dem Gewissen, mit diesem verantwortungslosen Ritt durch den Sturm des Jahrhunderts, den wollte er töten, und wenn es das Letzte wäre, was er vollbrächte. Einen Moment hielt er inne, um durchzuschnaufen, nach Atem zu schnappe, abgewandt vom Wind. Dann drehte Wolfram den Kopf nach vorn, riss die Augen auf, glaubte nicht, was er sah, was da heranstürmte wie die apokalyptischen Reiter, vom Meer bis über den Horizont hinauf bis zum Zenit reichend, stahlgrau mit weißen, brodelnden, kochenden Streifen und Feldern.

Er nahm beide Hände vom schmalen Geländer, griff in die Nacht, wollte die Welle abwehren, wegstoßen von sich und seinem Sein, begann schrill zu lachen und zu schreien, spürte keinen Schlag, keine Angst mehr, fühlte nur noch Wärme und Licht, und alle hässlichen Gesichter der Gequälten und Sterbenden waren fort, weggewaschen durch die salzige Reinheit des unendlichen Meeres.